# Sweet California

## EL DESPERTAR

MAGÍ TORRAS

ILUSTRACIONES DE
STUDIO CHOU CHOU

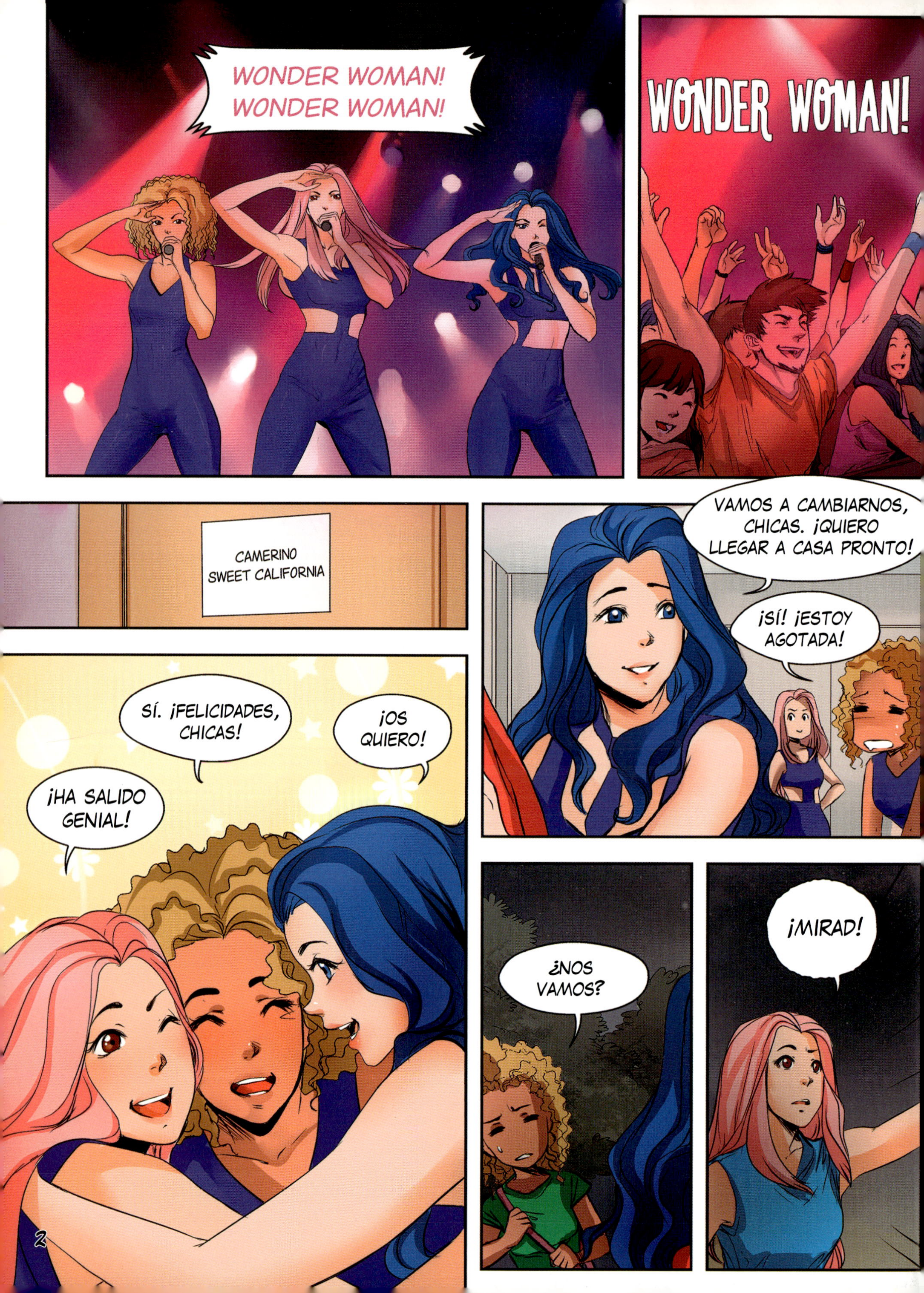
WONDER WOMAN!
WONDER WOMAN!
WONDER WOMAN!
CAMERINO
SWEET CALIFORNIA
VAMOS A CAMBIARNOS, CHICAS. ¡QUIERO LLEGAR A CASA PRONTO!
¡SÍ! ¡ESTOY AGOTADA!
¡HA SALIDO GENIAL!
SÍ. ¡FELICIDADES, CHICAS!
¡OS QUIERO!
¿NOS VAMOS?
¡MIRAD!

¡UNA DE ESAS COSAS VIENE HACIA NOSOTRAS!
¡CORRED!
¡AAGH!
TAP TAP
TROOMP
NOS HA IDO DE BIEN POCO.
¡PENSABA QUE ME DABA EN LA CABEZA!

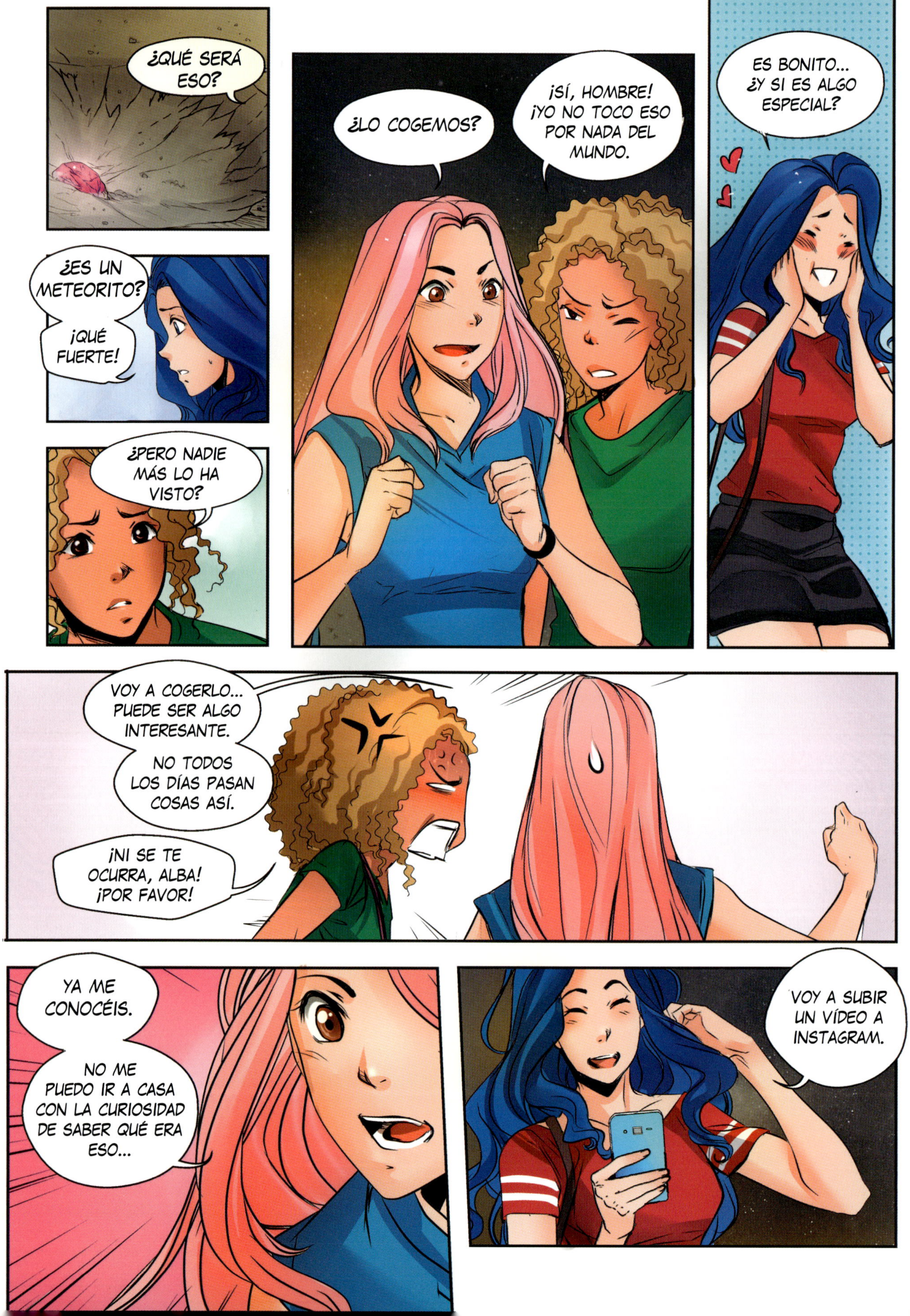
¿QUÉ SERÁ ESO?
¿ES UN METEORITO?
¡QUÉ FUERTE!
¿PERO NADIE MÁS LO HA VISTO?
¿LO COGEMOS?
¡SÍ, HOMBRE! ¡YO NO TOCO ESO POR NADA DEL MUNDO.
ES BONITO... ¿Y SI ES ALGO ESPECIAL?
VOY A COGERLO... PUEDE SER ALGO INTERESANTE.
NO TODOS LOS DÍAS PASAN COSAS ASÍ.
¡NI SE TE OCURRA, ALBA! ¡POR FAVOR!
YA ME CONOCÉIS.
NO ME PUEDO IR A CASA CON LA CURIOSIDAD DE SABER QUÉ ERA ESO...
VOY A SUBIR UN VÍDEO A INSTAGRAM.

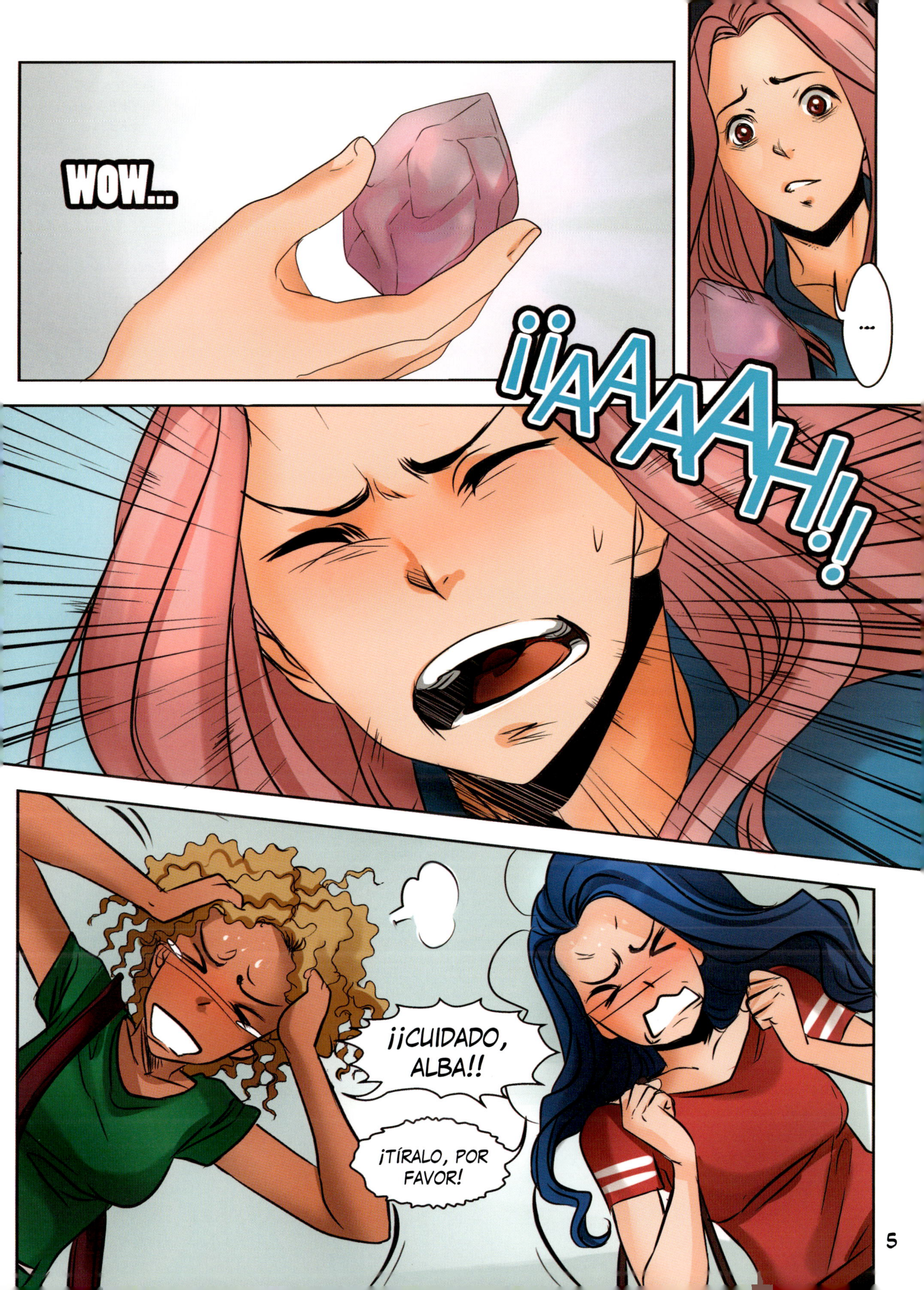
WOW...
...
¡¡AAAAH!!
¡¡CUIDADO, ALBA!!
¡TÍRALO, POR FAVOR!

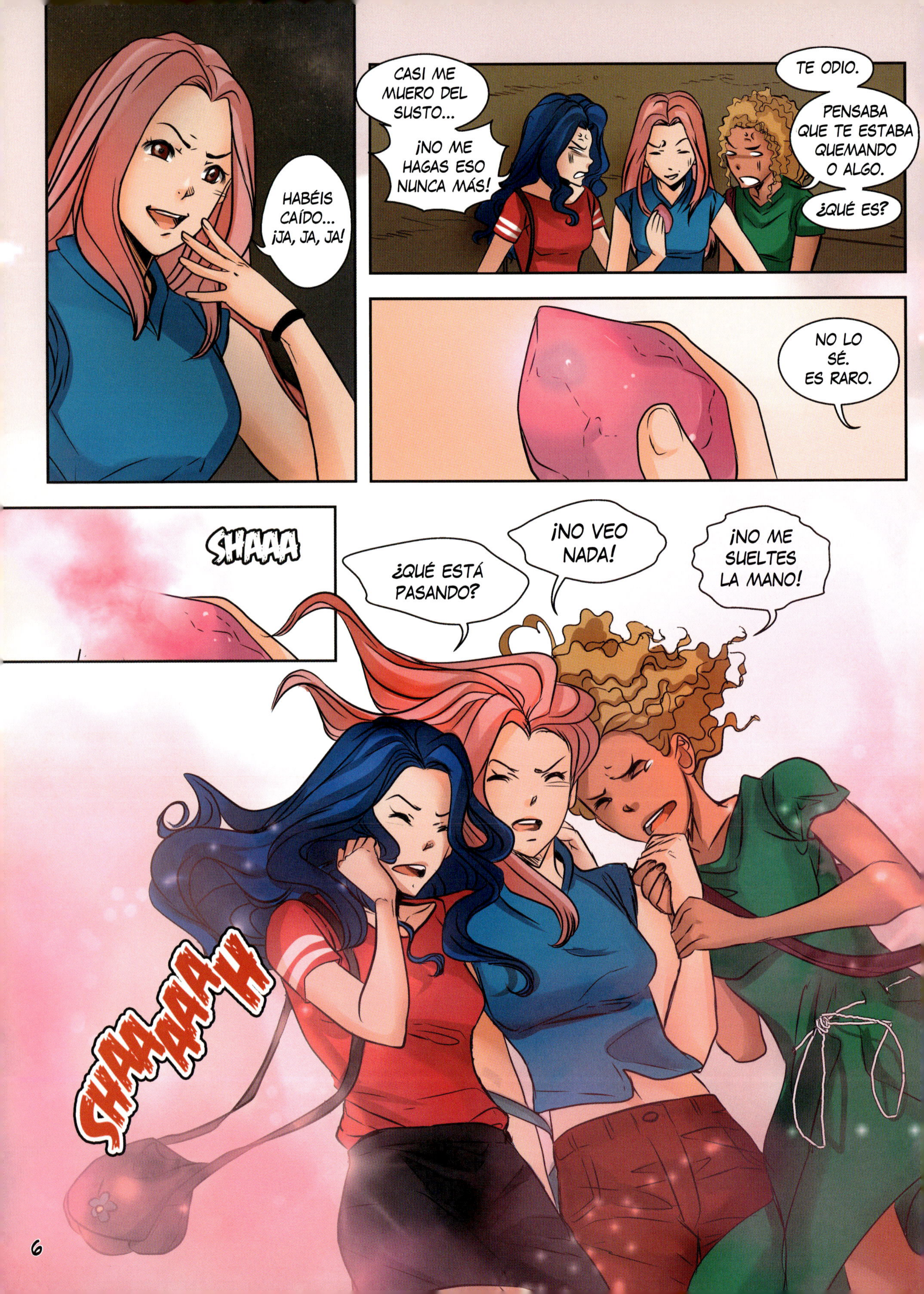
HABÉIS CAÍDO... ¡JA, JA, JA!
CASI ME MUERO DEL SUSTO...
¡NO ME HAGAS ESO NUNCA MÁS!
TE ODIO.
PENSABA QUE TE ESTABA QUEMANDO O ALGO.
¿QUÉ ES?
NO LO SÉ. ES RARO.
SHAAA
¿QUÉ ESTÁ PASANDO?
¡NO VEO NADA!
¡NO ME SUELTES LA MANO!
SHAAAAH

¿ESTÁIS BIEN?
SÍ... PERO NO ENTIENDO NADA.
¿QUÉ ERA ESO?
EL METEORITO, O LO QUE FUERA ESO, SE HA CONVERTIDO EN HUMO...
VOLVAMOS RÁPIDO, O JAVI...
MADRE MÍA, ¡QUÉ FUERTE! LO QUE NO NOS PASE A NOSOTRAS...
JAVI, ¿TÚ HAS VISTO LO QUE HA PASADO?
¿EL QUÉ?
¡EL METEORITO!
¿METEORITO? NECESITÁIS DESCANSAR, CHICAS...
VAMOS A CASA.
¡HASTA MAÑANA!
¡NOS VEMOS POR LA TARDE EN LOS ENSAYOS!
¡HASTA MAÑANA!

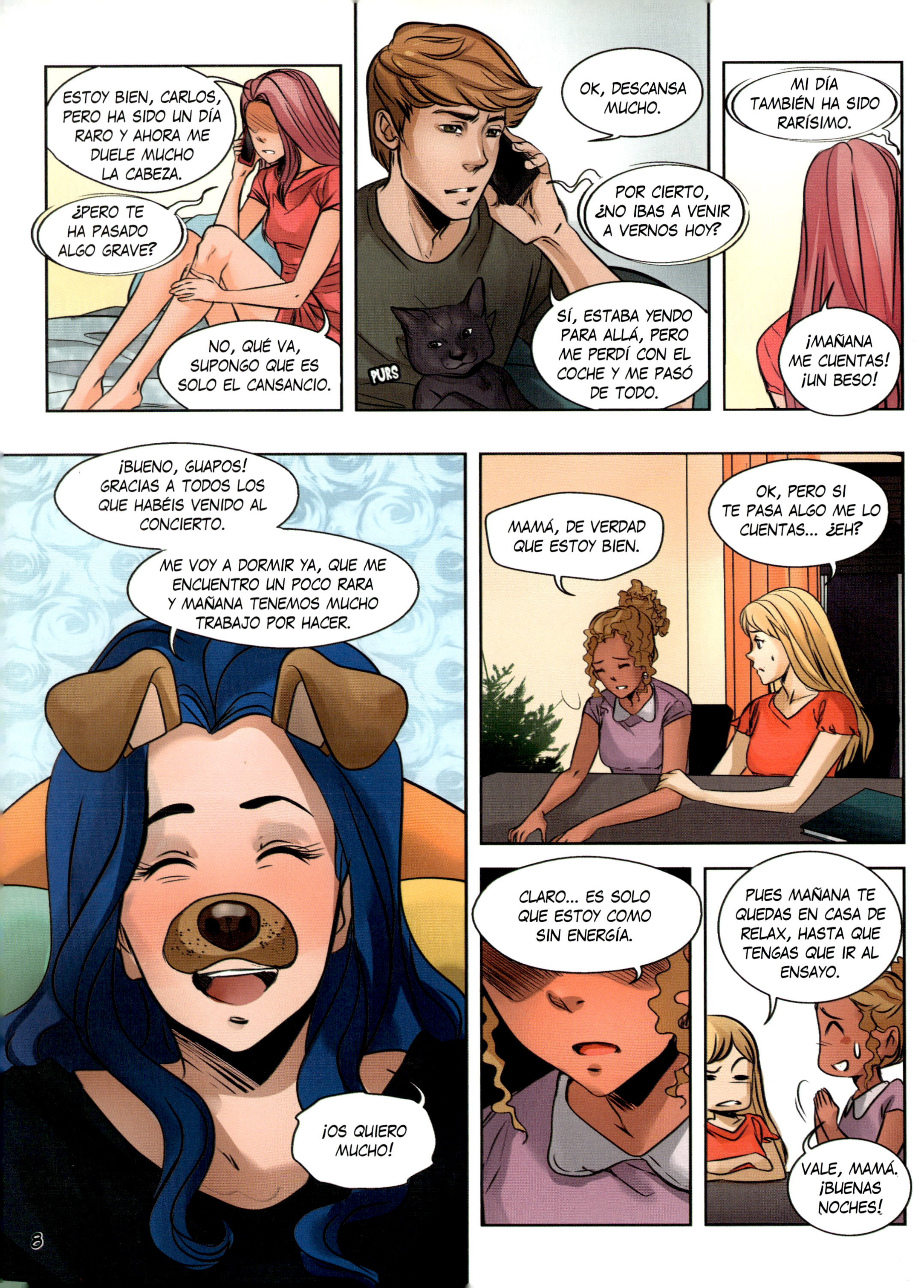
ESTOY BIEN, CARLOS, PERO HA SIDO UN DÍA RARO Y AHORA ME DUELE MUCHO LA CABEZA.
¿PERO TE HA PASADO ALGO GRAVE?
NO, QUÉ VA, SUPONGO QUE ES SOLO EL CANSANCIO.
OK, DESCANSA MUCHO.
POR CIERTO, ¿NO IBAS A VENIR A VERNOS HOY?
SÍ, ESTABA YENDO PARA ALLÁ, PERO ME PERDÍ CON EL COCHE Y ME PASÓ DE TODO.
PURS
MI DÍA TAMBIÉN HA SIDO RARÍSIMO.
¡MAÑANA ME CUENTAS! ¡UN BESO!
¡BUENO, GUAPOS! GRACIAS A TODOS LOS QUE HABÉIS VENIDO AL CONCIERTO.
ME VOY A DORMIR YA, QUE ME ENCUENTRO UN POCO RARA Y MAÑANA TENEMOS MUCHO TRABAJO POR HACER.
¡OS QUIERO MUCHO!
MAMÁ, DE VERDAD QUE ESTOY BIEN.
OK, PERO SI TE PASA ALGO ME LO CUENTAS... ¿EH?
CLARO... ES SOLO QUE ESTOY COMO SIN ENERGÍA.
PUES MAÑANA TE QUEDAS EN CASA DE RELAX, HASTA QUE TENGAS QUE IR AL ENSAYO.
VALE, MAMÁ. ¡BUENAS NOCHES!

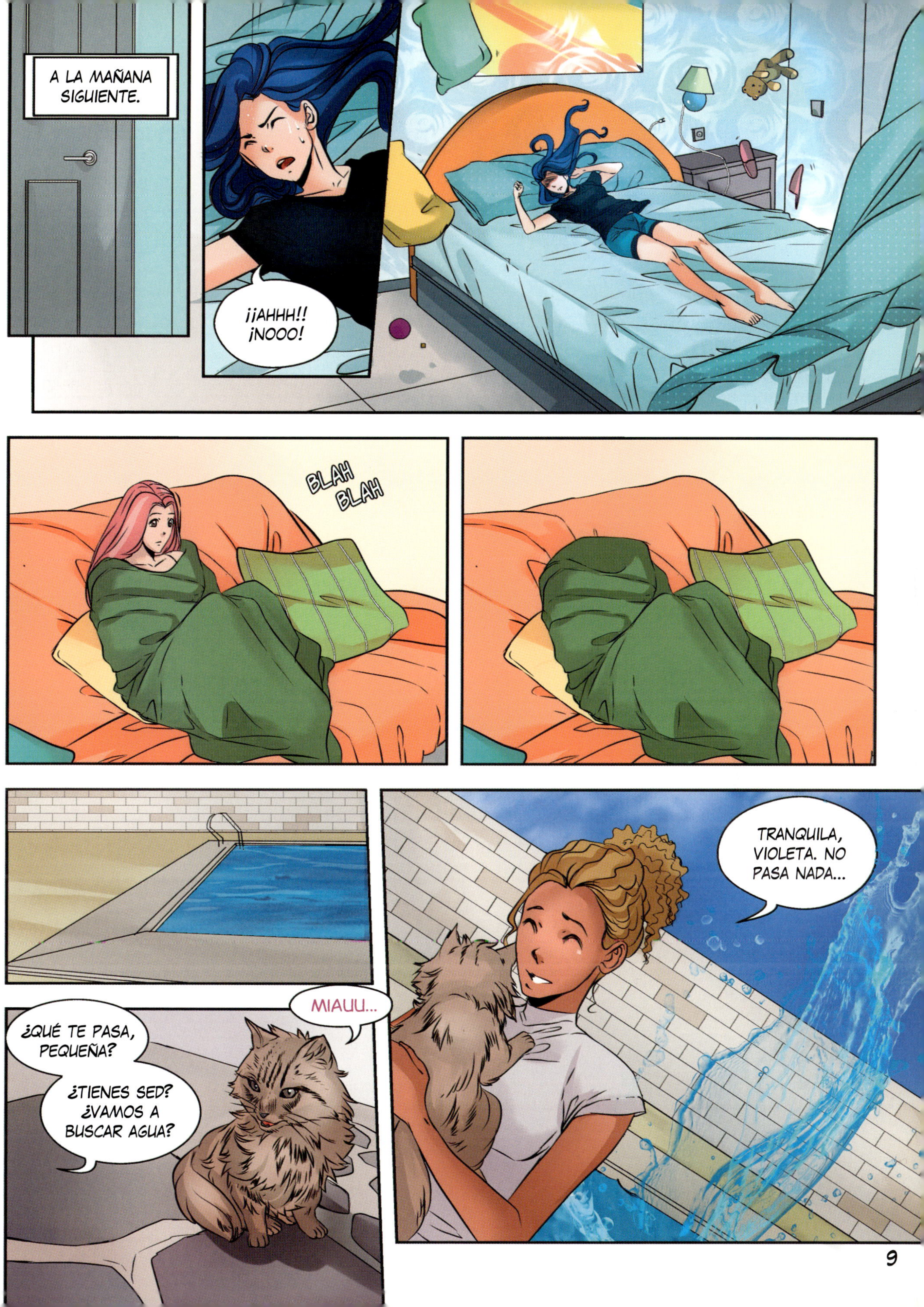
A LA MAÑANA SIGUIENTE.
¡¡AHHH!! ¡NOOO!
BLAH BLAH
¿QUÉ TE PASA, PEQUEÑA?
MIAUU...
¿TIENES SED? ¿VAMOS A BUSCAR AGUA?
TRANQUILA, VIOLETA. NO PASA NADA...

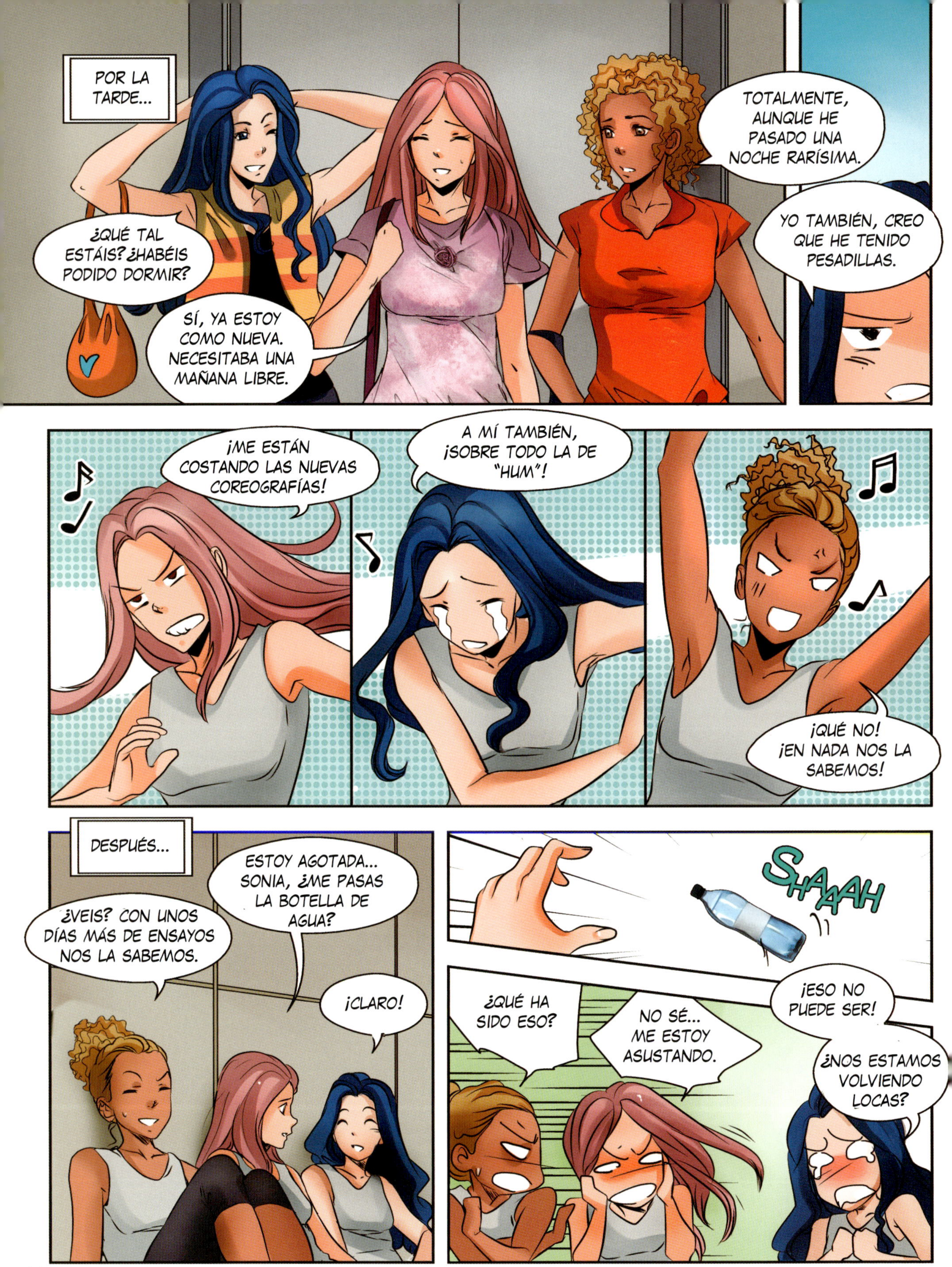
POR LA TARDE...
¿QUÉ TAL ESTÁIS? ¿HABÉIS PODIDO DORMIR?
SÍ, YA ESTOY COMO NUEVA. NECESITABA UNA MAÑANA LIBRE.
TOTALMENTE, AUNQUE HE PASADO UNA NOCHE RARÍSIMA.
YO TAMBIÉN, CREO QUE HE TENIDO PESADILLAS.
¡ME ESTÁN COSTANDO LAS NUEVAS COREOGRAFÍAS!
A MÍ TAMBIÉN, ¡SOBRE TODO LA DE "HUM"!
¡QUÉ NO! ¡EN NADA NOS LA SABEMOS!
DESPUÉS...
¿VEIS? CON UNOS DÍAS MÁS DE ENSAYOS NOS LA SABEMOS.
ESTOY AGOTADA... SONIA, ¿ME PASAS LA BOTELLA DE AGUA?
¡CLARO!
SHAAAH
¿QUÉ HA SIDO ESO?
NO SÉ... ME ESTOY ASUSTANDO.
¡ESO NO PUEDE SER!
¿NOS ESTAMOS VOLVIENDO LOCAS?

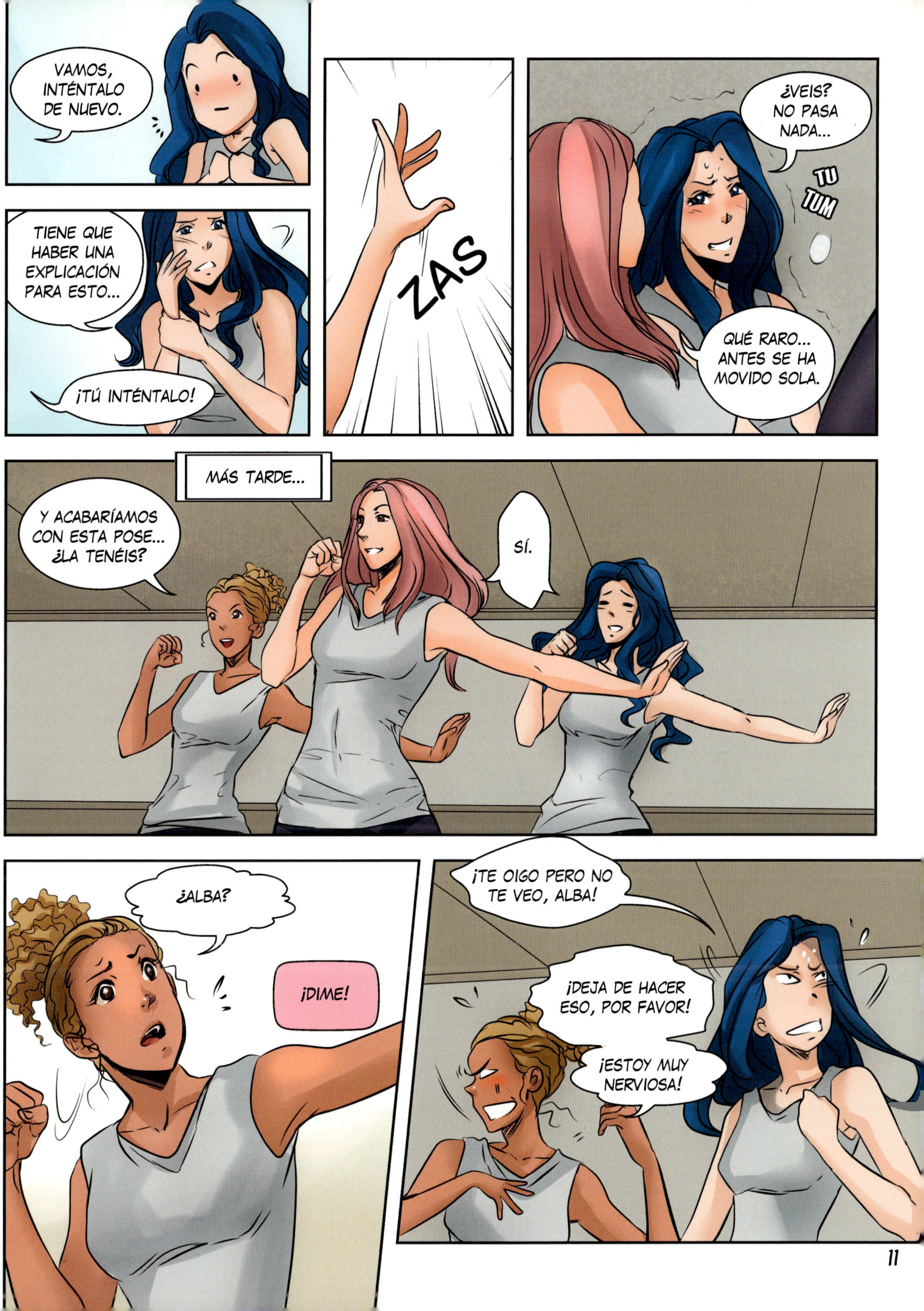

VAMOS, INTÉNTALO DE NUEVO.
TIENE QUE HABER UNA EXPLICACIÓN PARA ESTO...
¡TÚ INTÉNTALO!
ZAS
¿VEIS? NO PASA NADA...
TU TUM
QUÉ RARO... ANTES SE HA MOVIDO SOLA.
MÁS TARDE...
Y ACABARÍAMOS CON ESTA POSE... ¿LA TENÉIS?
SÍ.
¿ALBA?
¡DIME!
¡TE OIGO PERO NO TE VEO, ALBA!
¡DEJA DE HACER ESO, POR FAVOR!
¡ESTOY MUY NERVIOSA!

¡NO TE VAYAS!
¡ALBA! ¡NO PASA NADA!
LO SIENTO, CHICAS... ME HE PUESTO MUY NERVIOSA.
ES NORMAL.
¿QUÉ NOS ESTÁ PASANDO?
NO SÉ... ¿SERÁ ALGO GRAVE?
BUENO, TÚ NO TIENES NADA, TAMY... SOMOS NOSOTRAS.
SALID DE AHÍ, PESADAS. QUE LLEVÁIS UN BUEN RATO...
¡ES EL BAÑO DE CHICAS!
¿NO HABÉIS OÍDO? ¡LARGO!
QUEREMOS DAR UNA SORPRESA A LAS CHICAS REALMENTE IMPORTANTES DE ESTE GIMNASIO.
¡FUERA!

¡PIRAOS VOSOTROS!
¡QUE NO TENEMOS EL DÍA PARA TONTERÍAS!
VAYA, LAS CANTANTES QUIEREN PROBLEMAS...
PUES LOS HABÉIS ENCONTRADO.
¡¡BASTAAAA!!
SSSH
¡VÁMONOS!
TRANQUILA, TAMY...
NO SÉ CÓMO LO HE HECHO...
NO TE PREOCUPES, VÁMONOS ANTES DE QUE NOS PILLEN.

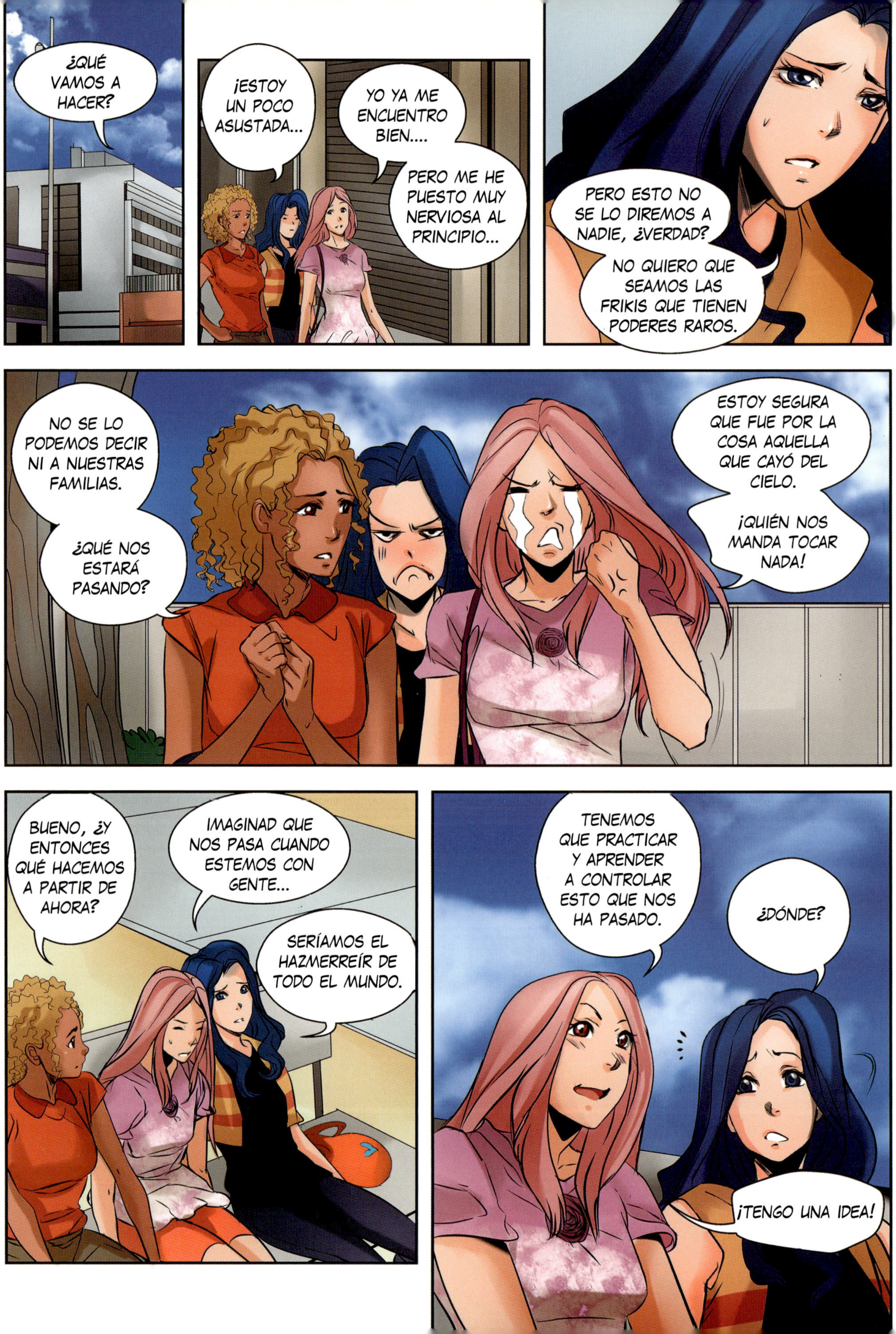
¿QUÉ VAMOS A HACER?
¡ESTOY UN POCO ASUSTADA...
YO YA ME ENCUENTRO BIEN....
PERO ME HE PUESTO MUY NERVIOSA AL PRINCIPIO...
PERO ESTO NO SE LO DIREMOS A NADIE, ¿VERDAD?
NO QUIERO QUE SEAMOS LAS FRIKIS QUE TIENEN PODERES RAROS.
NO SE LO PODEMOS DECIR NI A NUESTRAS FAMILIAS.
¿QUÉ NOS ESTARÁ PASANDO?
ESTOY SEGURA QUE FUE POR LA COSA AQUELLA QUE CAYÓ DEL CIELO.
¡QUIÉN NOS MANDA TOCAR NADA!
BUENO, ¿Y ENTONCES QUÉ HACEMOS A PARTIR DE AHORA?
IMAGINAD QUE NOS PASA CUANDO ESTEMOS CON GENTE...
SERÍAMOS EL HAZMERREÍR DE TODO EL MUNDO.
TENEMOS QUE PRACTICAR Y APRENDER A CONTROLAR ESTO QUE NOS HA PASADO.
¿DÓNDE?
¡TENGO UNA IDEA!

MI TÍO TIENE UN ALMACÉN MUY GRANDE EN LAS AFUERAS...
¡Y NO LO UTILIZA! AQUÍ PODEMOS PRACTICAR TODO LO QUE QUERAMOS. NADIE NOS OIRÁ.
¡ES GENIAL!

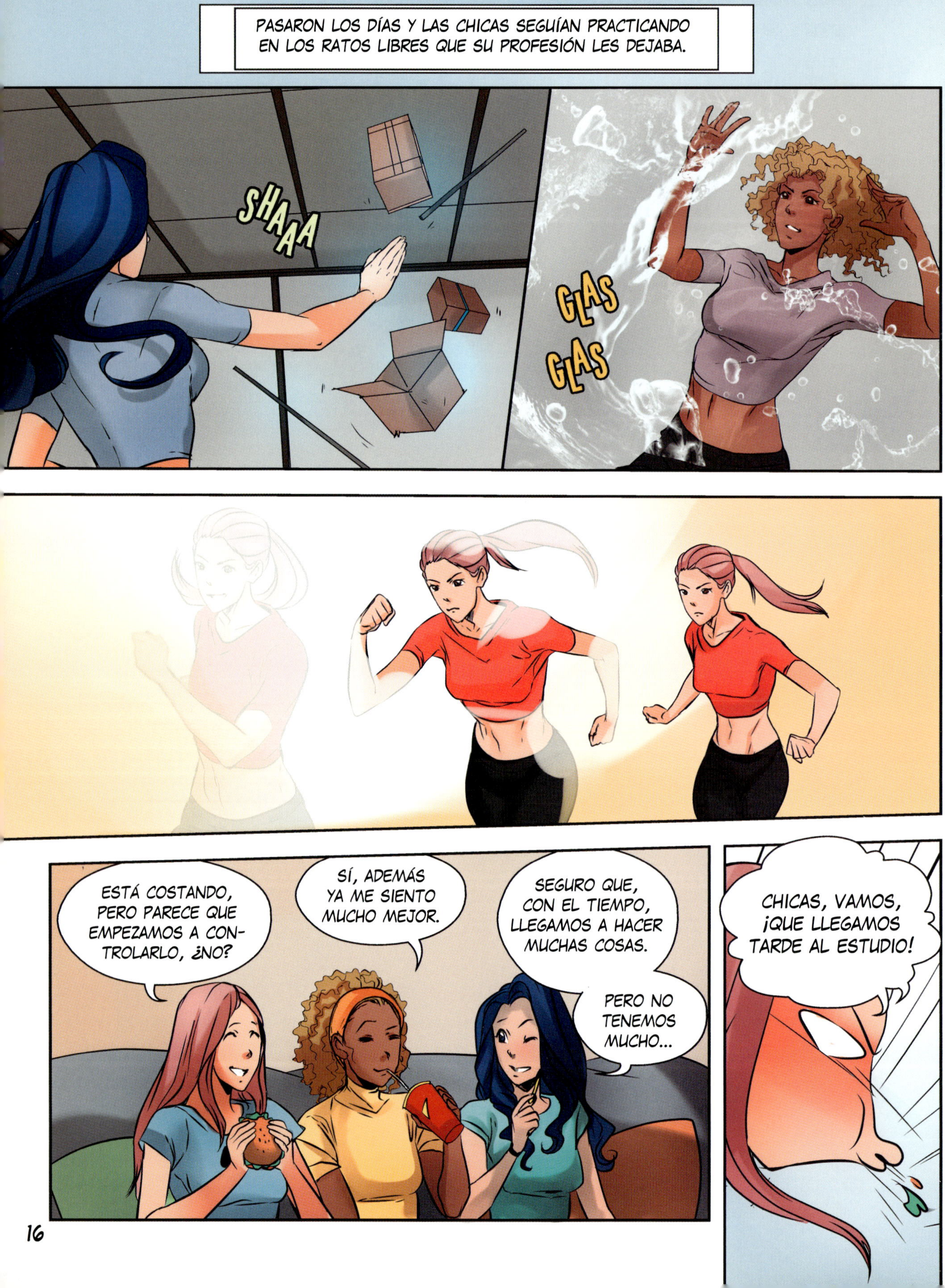
PASARON LOS DÍAS Y LAS CHICAS SEGUÍAN PRACTICANDO EN LOS RATOS LIBRES QUE SU PROFESIÓN LES DEJABA.
SHAAA
GLAS GLAS
ESTÁ COSTANDO, PERO PARECE QUE EMPEZAMOS A CONTROLARLO, ¿NO?
SÍ, ADEMÁS YA ME SIENTO MUCHO MEJOR.
SEGURO QUE, CON EL TIEMPO, LLEGAMOS A HACER MUCHAS COSAS.
PERO NO TENEMOS MUCHO...
CHICAS, VAMOS, ¡QUE LLEGAMOS TARDE AL ESTUDIO!

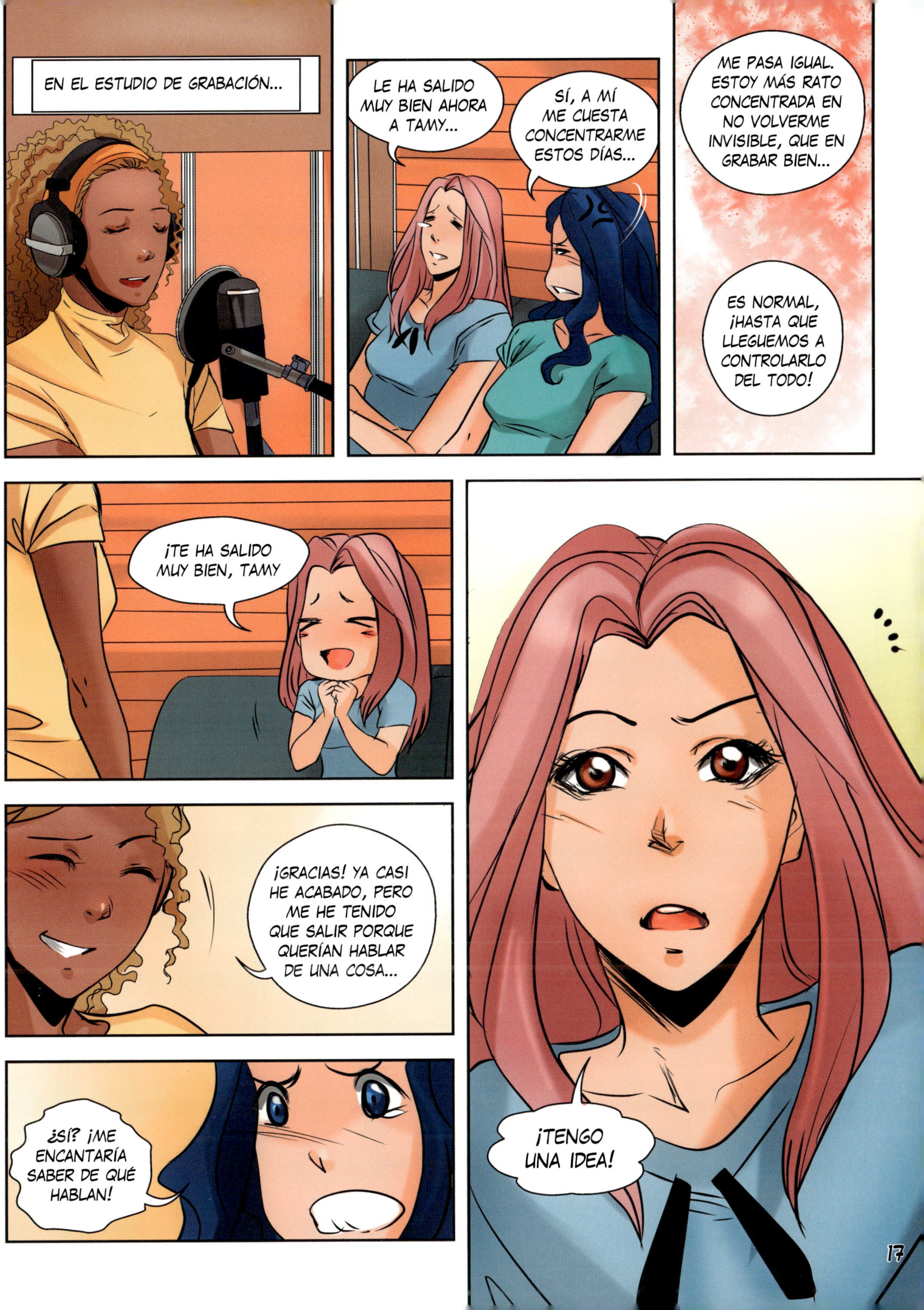
EN EL ESTUDIO DE GRABACIÓN...
LE HA SALIDO MUY BIEN AHORA A TAMY...
SÍ, A MÍ ME CUESTA CONCENTRARME ESTOS DÍAS...
ME PASA IGUAL. ESTOY MÁS RATO CONCENTRADA EN NO VOLVERME INVISIBLE, QUE EN GRABAR BIEN...
ES NORMAL, ¡HASTA QUE LLEGUEMOS A CONTROLARLO DEL TODO!
¡TE HA SALIDO MUY BIEN, TAMY
¡GRACIAS! YA CASI HE ACABADO, PERO ME HE TENIDO QUE SALIR PORQUE QUERÍAN HABLAR DE UNA COSA...
¿SÍ? ¡ME ENCANTARÍA SABER DE QUÉ HABLAN!
...
¡TENGO UNA IDEA!

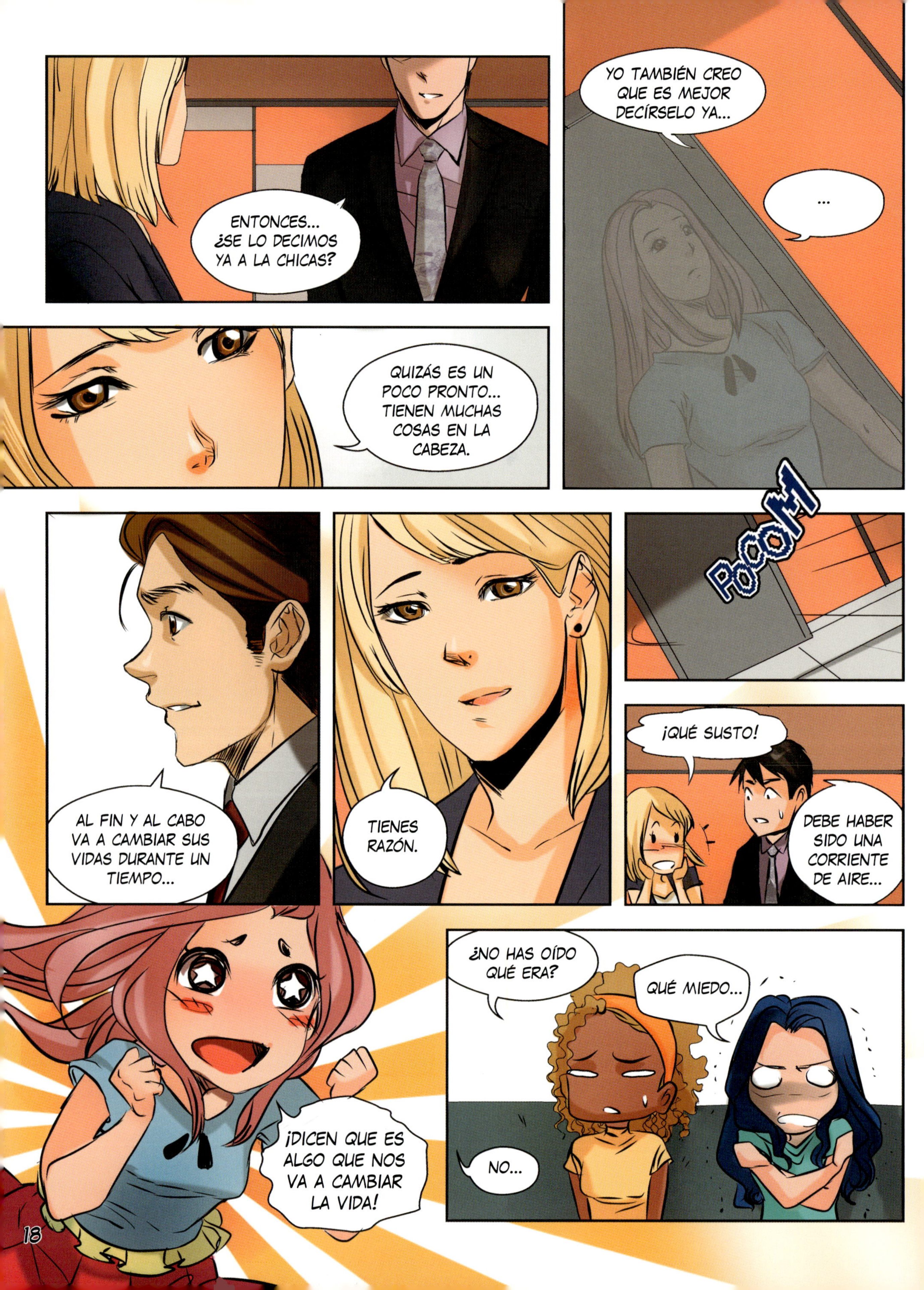
ENTONCES... ¿SE LO DECIMOS YA A LA CHICAS?
YO TAMBIÉN CREO QUE ES MEJOR DECÍRSELO YA...
...
QUIZÁS ES UN POCO PRONTO... TIENEN MUCHAS COSAS EN LA CABEZA.
AL FIN Y AL CABO VA A CAMBIAR SUS VIDAS DURANTE UN TIEMPO...
TIENES RAZÓN.
POOOM
¡QUÉ SUSTO!
DEBE HABER SIDO UNA CORRIENTE DE AIRE...
¡DICEN QUE ES ALGO QUE NOS VA A CAMBIAR LA VIDA!
¿NO HAS OÍDO QUÉ ERA?
QUÉ MIEDO...
NO...

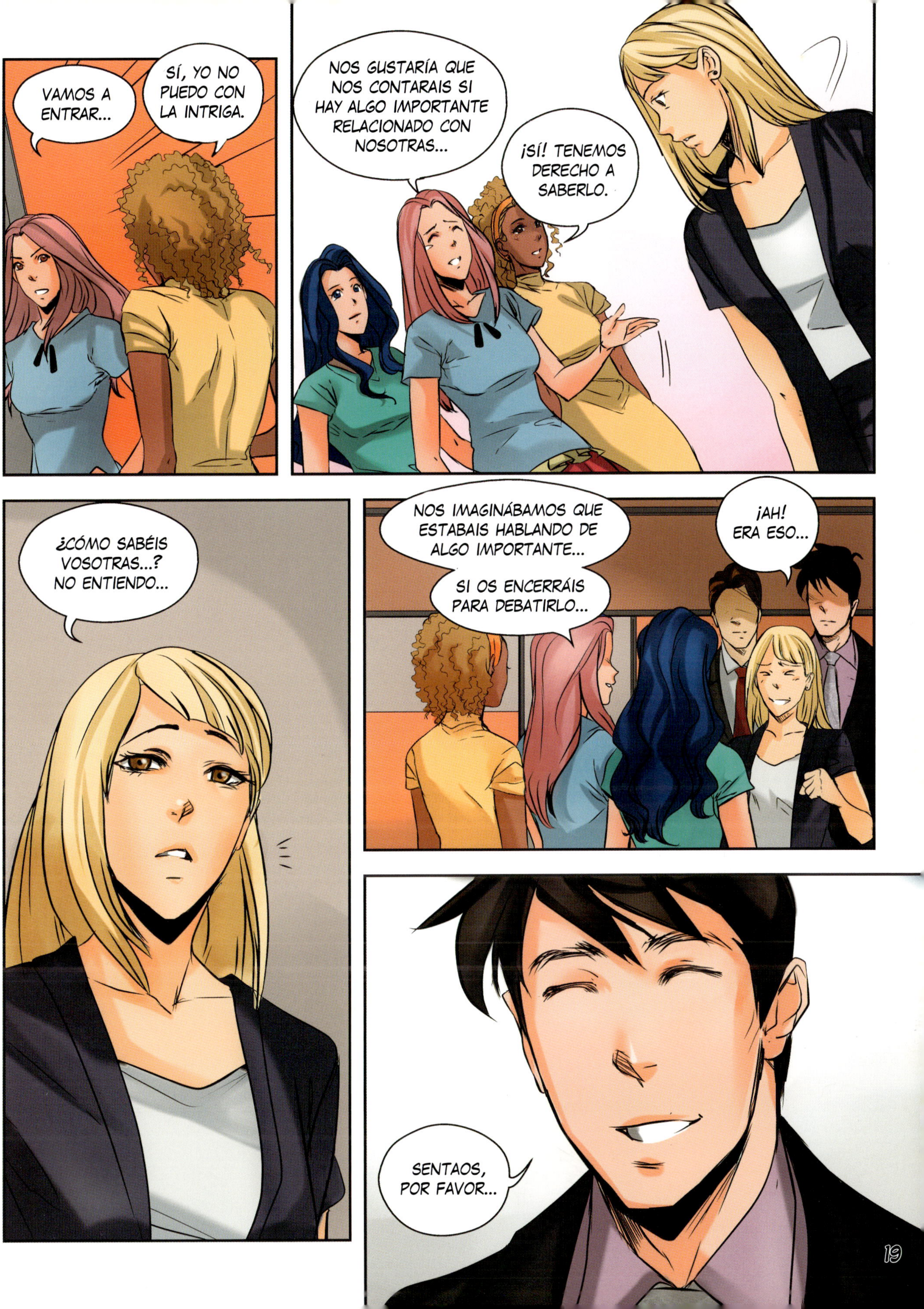
VAMOS A ENTRAR...
SÍ, YO NO PUEDO CON LA INTRIGA.
NOS GUSTARÍA QUE NOS CONTARAIS SI HAY ALGO IMPORTANTE RELACIONADO CON NOSOTRAS...
¡SÍ! TENEMOS DERECHO A SABERLO.
¿CÓMO SABÉIS VOSOTRAS...? NO ENTIENDO...
NOS IMAGINÁBAMOS QUE ESTABAIS HABLANDO DE ALGO IMPORTANTE...
SI OS ENCERRÁIS PARA DEBATIRLO...
¡AH! ERA ESO...
SENTAOS, POR FAVOR...

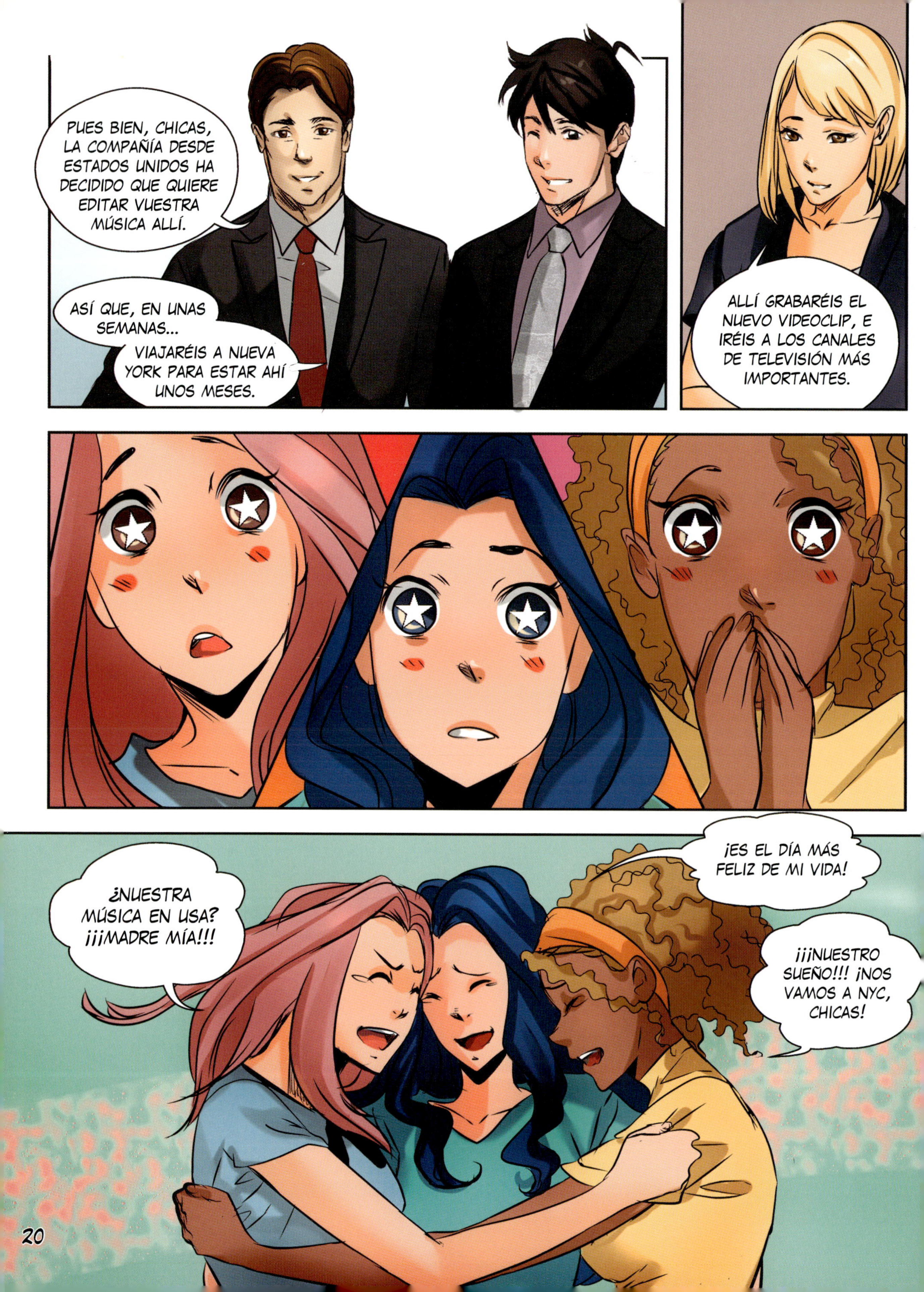
PUES BIEN, CHICAS, LA COMPAÑÍA DESDE ESTADOS UNIDOS HA DECIDIDO QUE QUIERE EDITAR VUESTRA MÚSICA ALLÍ.
ASÍ QUE, EN UNAS SEMANAS...
VIAJARÉIS A NUEVA YORK PARA ESTAR AHÍ UNOS MESES.
ALLÍ GRABARÉIS EL NUEVO VIDEOCLIP, E IRÉIS A LOS CANALES DE TELEVISIÓN MÁS IMPORTANTES.
¿NUESTRA MÚSICA EN USA? ¡¡¡MADRE MÍA!!!
¡ES EL DÍA MÁS FELIZ DE MI VIDA!
¡¡¡NUESTRO SUEÑO!!! ¡NOS VAMOS A NYC, CHICAS!

LOS DÍAS PASARON Y ELLAS FUERON ENSAYANDO...
SU MÚSICA...
Y SUS HABILIDADES...
HASTA QUE LLEGÓ EL DÍA...
D14
D
¡NOS VAMOS A ESTADOS UNIDOS! ¡A COMERNOS EL MUNDO!

¿NO ESTÁIS NERVIOSAS?
SÍ, PERO TENGO MUCHAS GANAS...
¡IMAGINAD QUE NOS VA BIEN POR ESTADOS UNIDOS!
¡YA! SUEÑO CON PODER HACER CONCIERTOS POR ALLÍ. SIN OLVIDARNOS DE ESPAÑA...
TENEMOS QUE LUCHAR MUCHO PARA CONSEGUIRLO. VOY A PONERME UNA PELÍCULA...
YO A DORMIR.
DESCANSA, CIELO.
ABRÓCHENSE LOS CINTURONES. ESTAMOS ATRAVESANDO POR UNA ZONA DE FUERTES TURBULENCIAS.
¿QUÉ PASA? ¡QUÉ MIEDO!
¡¡AAAAH!!
TAMY, ¿NO PUEDES HACER ALGO?
¿EL QUÉ?
¡QUÉ NO HAYA TANTO VIENTO! ¡INTÉNTALO!

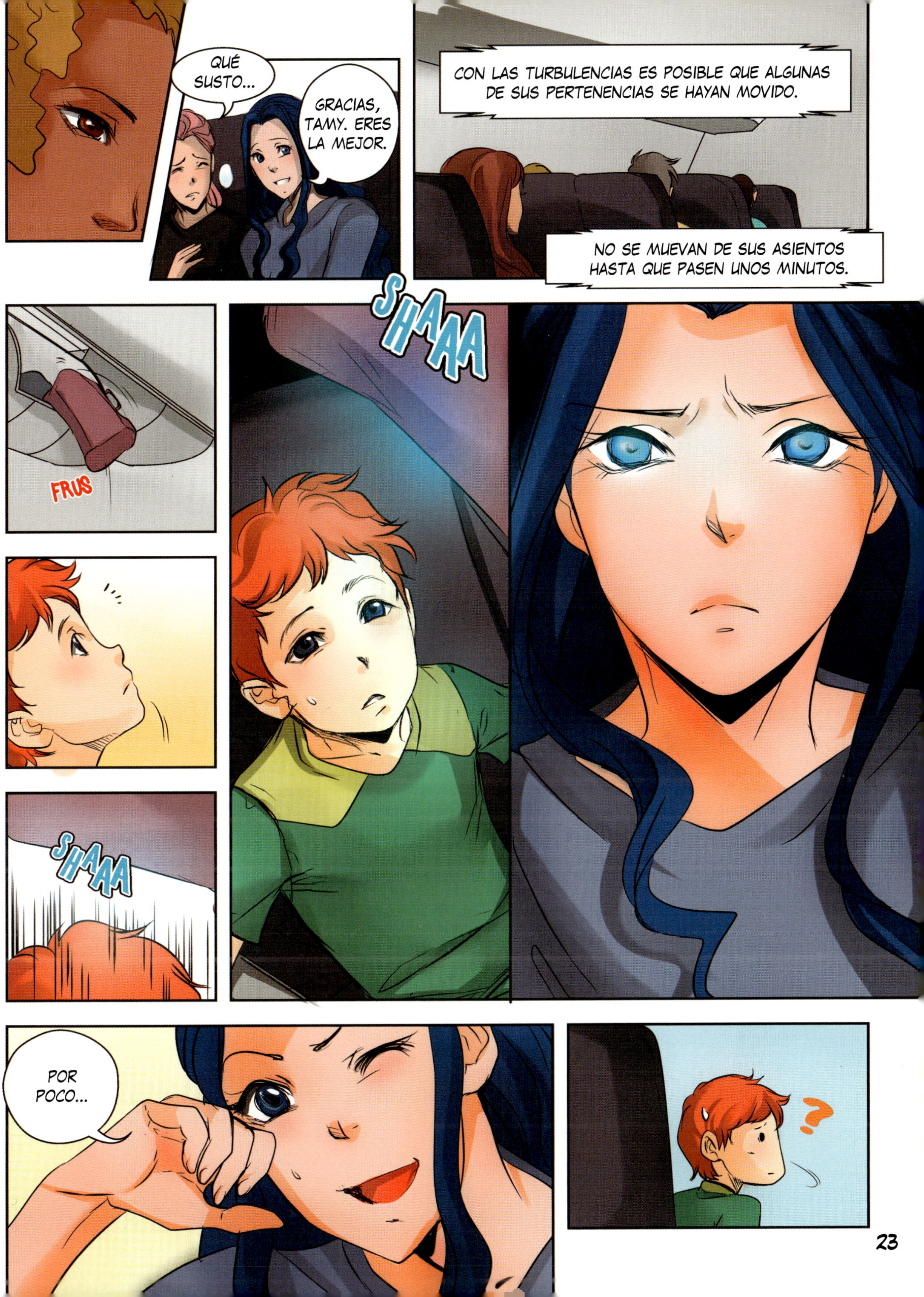

QUÉ SUSTO...
GRACIAS, TAMY. ERES LA MEJOR.
CON LAS TURBULENCIAS ES POSIBLE QUE ALGUNAS DE SUS PERTENENCIAS SE HAYAN MOVIDO.
NO SE MUEVAN DE SUS ASIENTOS HASTA QUE PASEN UNOS MINUTOS.
FRUS
SHAAA
SHAAA
POR POCO...
?

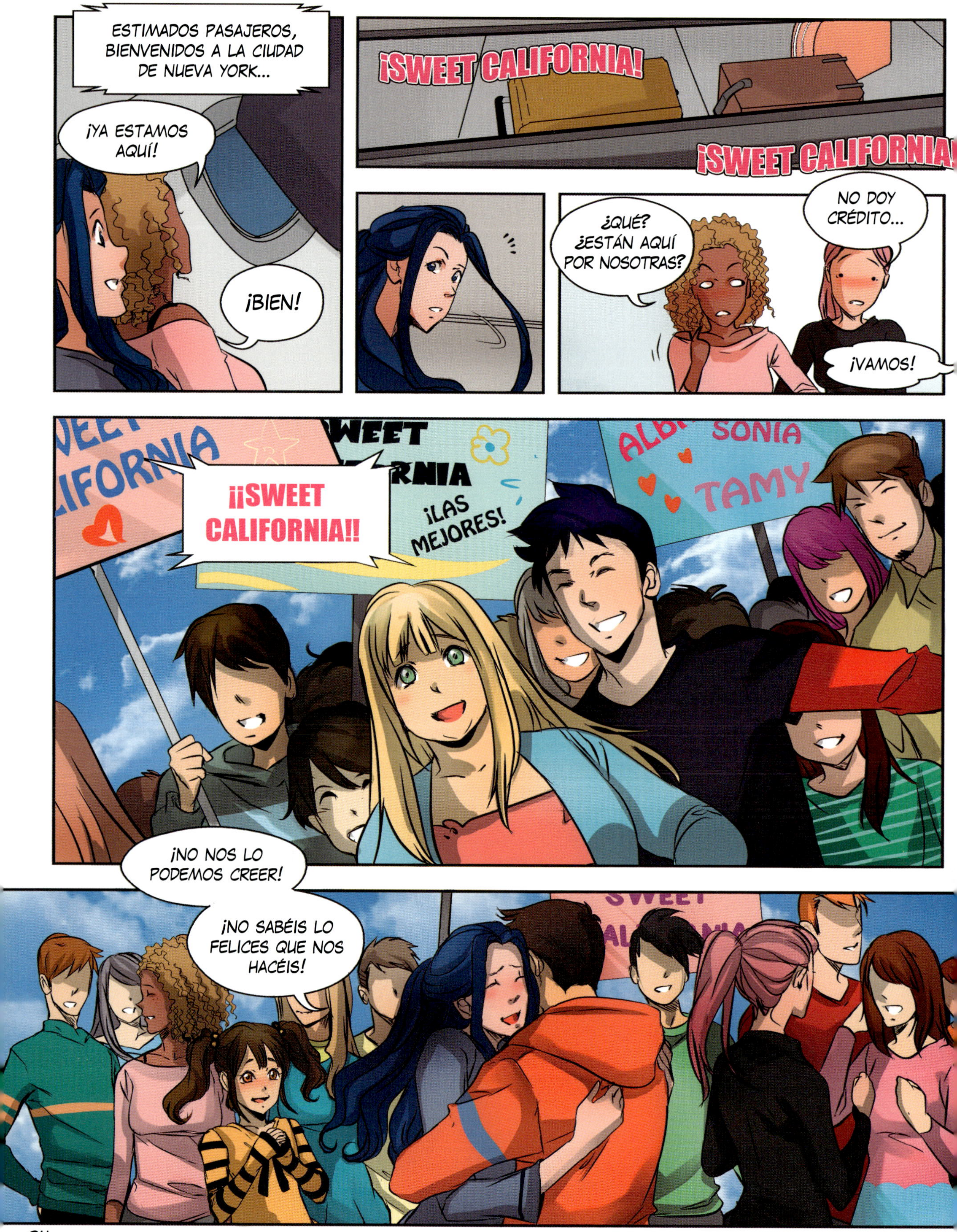
ESTIMADOS PASAJEROS, BIENVENIDOS A LA CIUDAD DE NUEVA YORK...
¡YA ESTAMOS AQUÍ!
¡BIEN!
¡SWEET CALIFORNIA!
¡SWEET CALIFORNIA!
¿QUÉ? ¿ESTÁN AQUÍ POR NOSOTRAS?
NO DOY CRÉDITO...
¡VAMOS!
¡¡SWEET CALIFORNIA!!
¡LAS MEJORES!
SONIA
TAMY
¡NO NOS LO PODEMOS CREER!
¡NO SABÉIS LO FELICES QUE NOS HACÉIS!

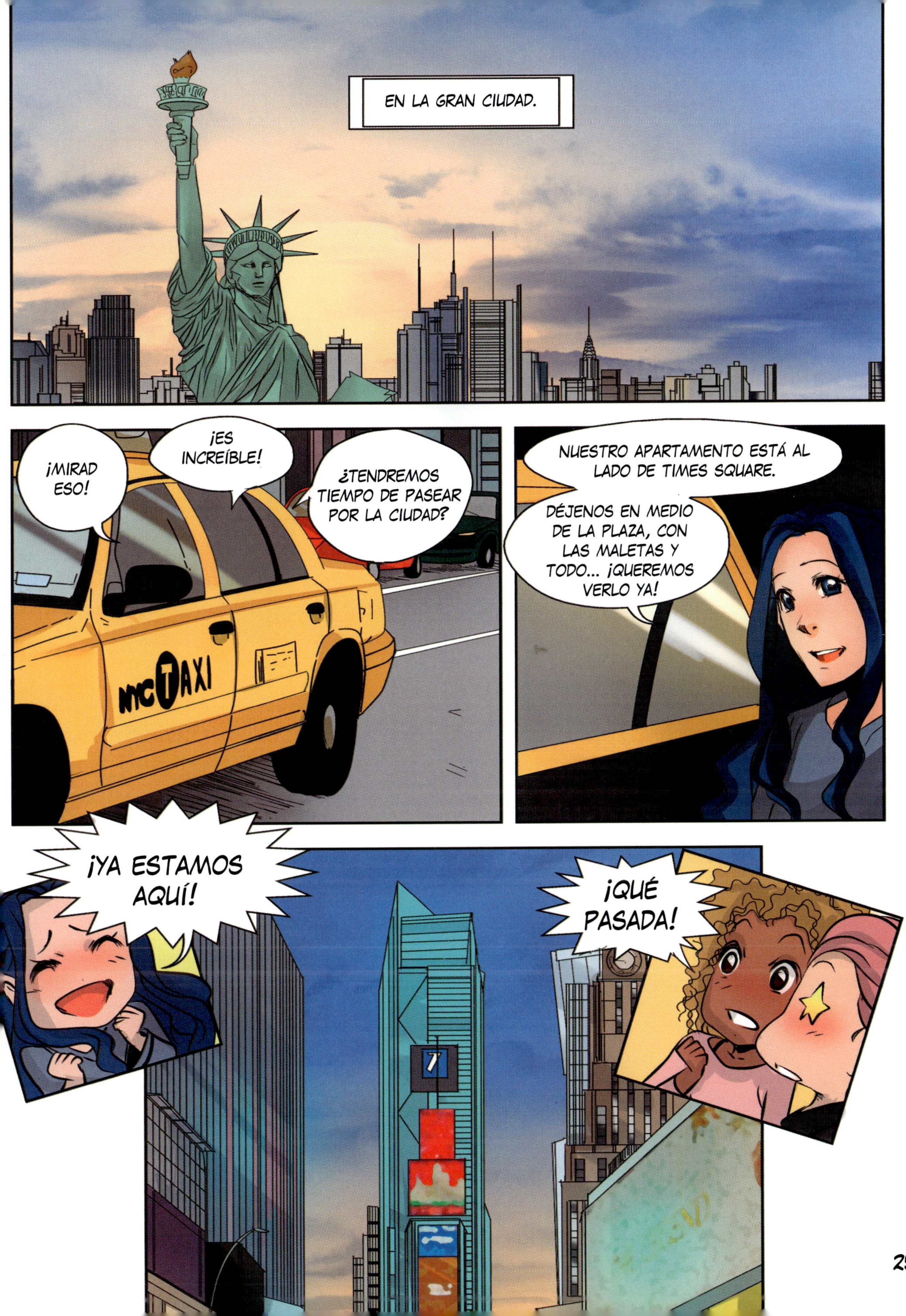
EN LA GRAN CIUDAD.
¡MIRAD ESO!
¡ES INCREÍBLE!
¿TENDREMOS TIEMPO DE PASEAR POR LA CIUDAD?
NYC TAXI
NUESTRO APARTAMENTO ESTÁ AL LADO DE TIMES SQUARE.
DÉJENOS EN MEDIO DE LA PLAZA, CON LAS MALETAS Y TODO... ¡QUEREMOS VERLO YA!
¡YA ESTAMOS AQUÍ!
¡QUÉ PASADA!

MENUDAS LOCAS...
¿VAMOS AL APARTAMENTO A DEJAR LAS COSAS?
ES POR AHÍ...
SÍ, ES LO MEJOR.
¡MIRAD! ¡ES AHÍ!
ESTE VA A SER NUESTRO HOGAR DURANTE LOS PRÓXIMOS MESES...

¡NOS ENCANTA!
¡CHICAS, DEBERÍAMOS IR A DORMIR YA, QUE MAÑANA TENEMOS TRABAJO!

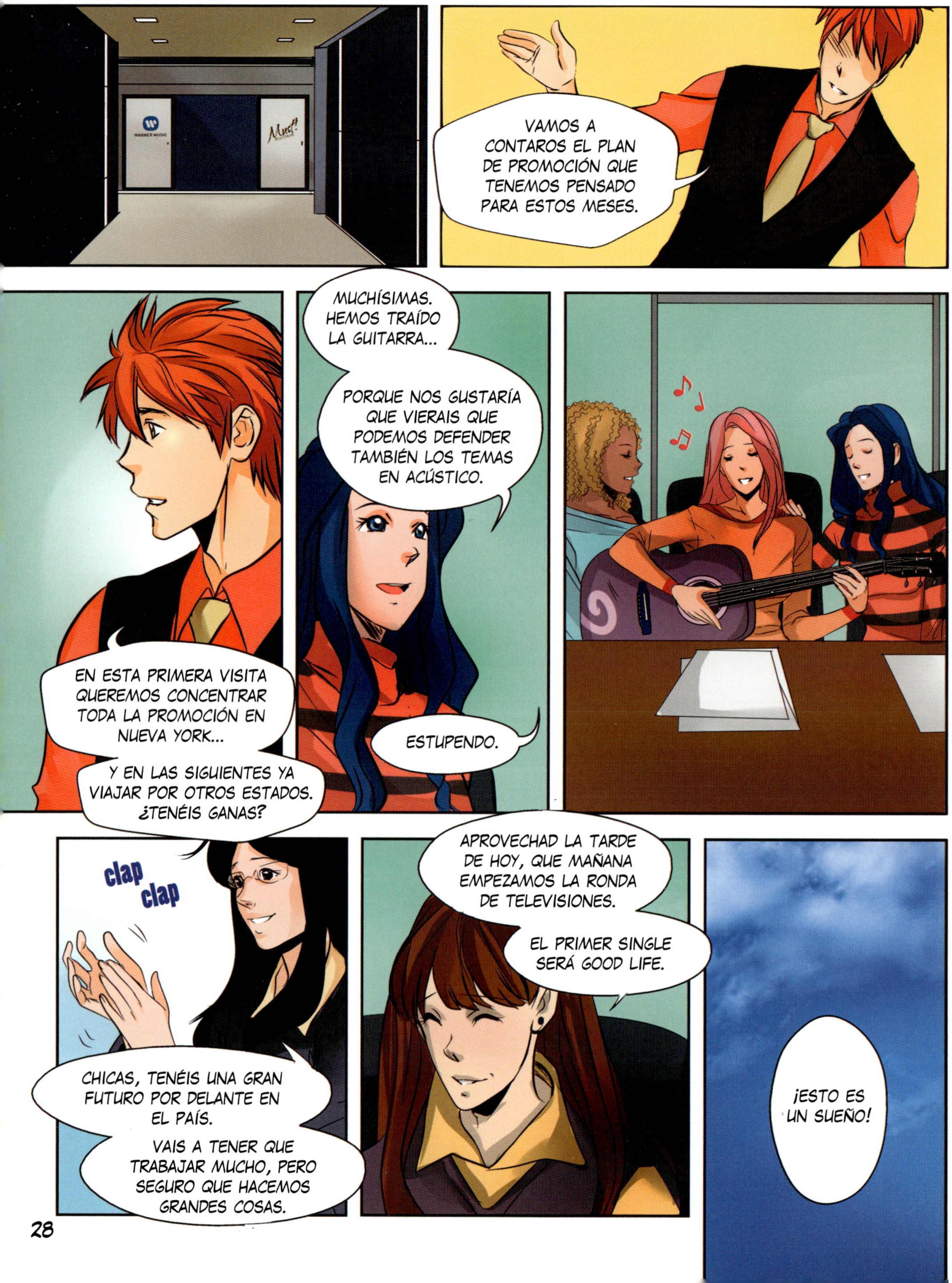
VAMOS A CONTAROS EL PLAN DE PROMOCIÓN QUE TENEMOS PENSADO PARA ESTOS MESES.
EN ESTA PRIMERA VISITA QUEREMOS CONCENTRAR TODA LA PROMOCIÓN EN NUEVA YORK...
Y EN LAS SIGUIENTES YA VIAJAR POR OTROS ESTADOS. ¿TENÉIS GANAS?
MUCHÍSIMAS. HEMOS TRAÍDO LA GUITARRA...
PORQUE NOS GUSTARÍA QUE VIERAIS QUE PODEMOS DEFENDER TAMBIÉN LOS TEMAS EN ACÚSTICO.
ESTUPENDO.
clap clap
CHICAS, TENÉIS UNA GRAN FUTURO POR DELANTE EN EL PAÍS.
VAIS A TENER QUE TRABAJAR MUCHO, PERO SEGURO QUE HACEMOS GRANDES COSAS.
APROVECHAD LA TARDE DE HOY, QUE MAÑANA EMPEZAMOS LA RONDA DE TELEVISIONES.
EL PRIMER SINGLE SERÁ GOOD LIFE.
¡ESTO ES UN SUEÑO!

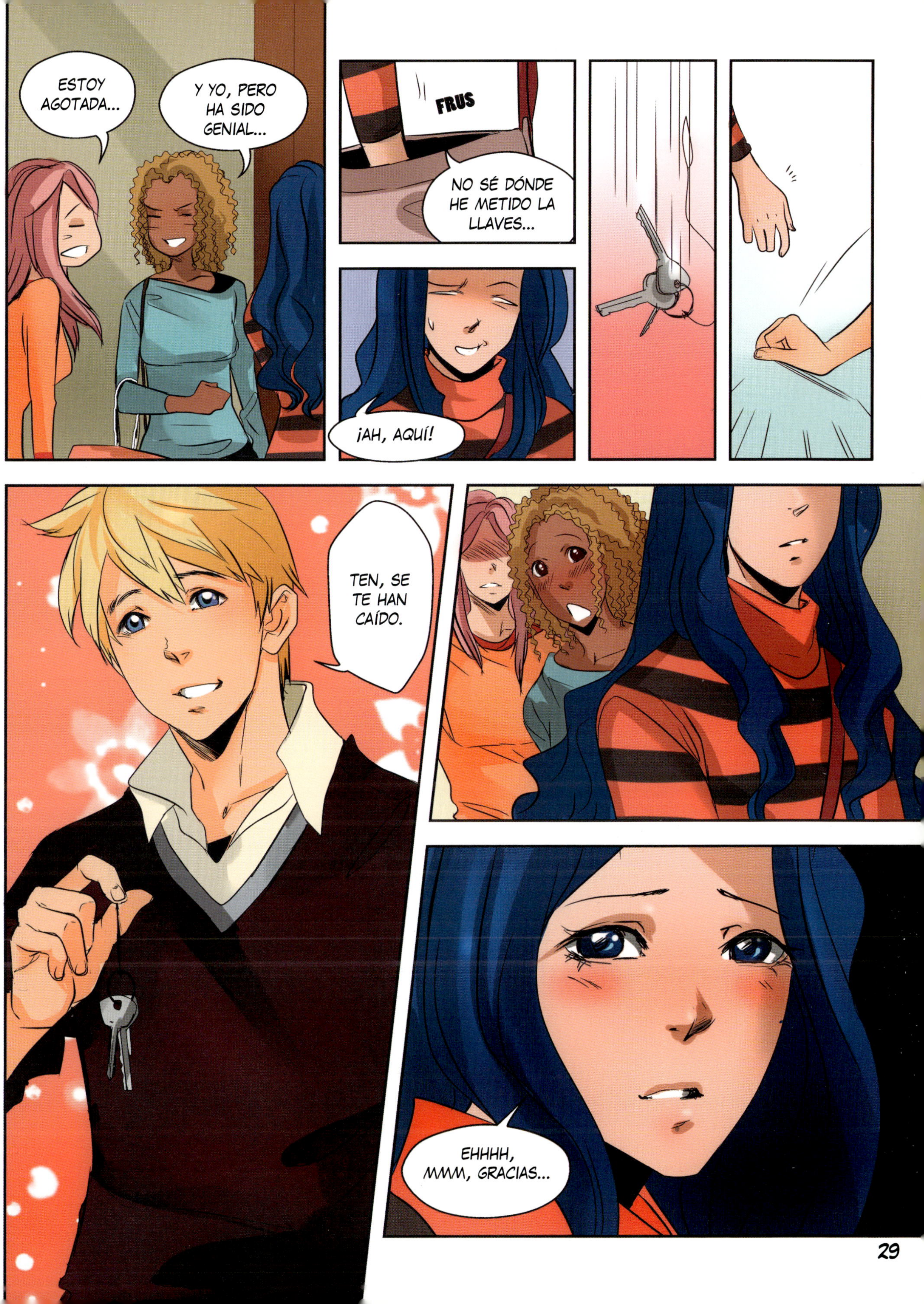
ESTOY AGOTADA...
Y YO, PERO HA SIDO GENIAL...
FRUS
NO SÉ DÓNDE HE METIDO LA LLAVES...
¡AH, AQUÍ!
TEN, SE TE HAN CAÍDO.
EHHHH, MMM, GRACIAS...

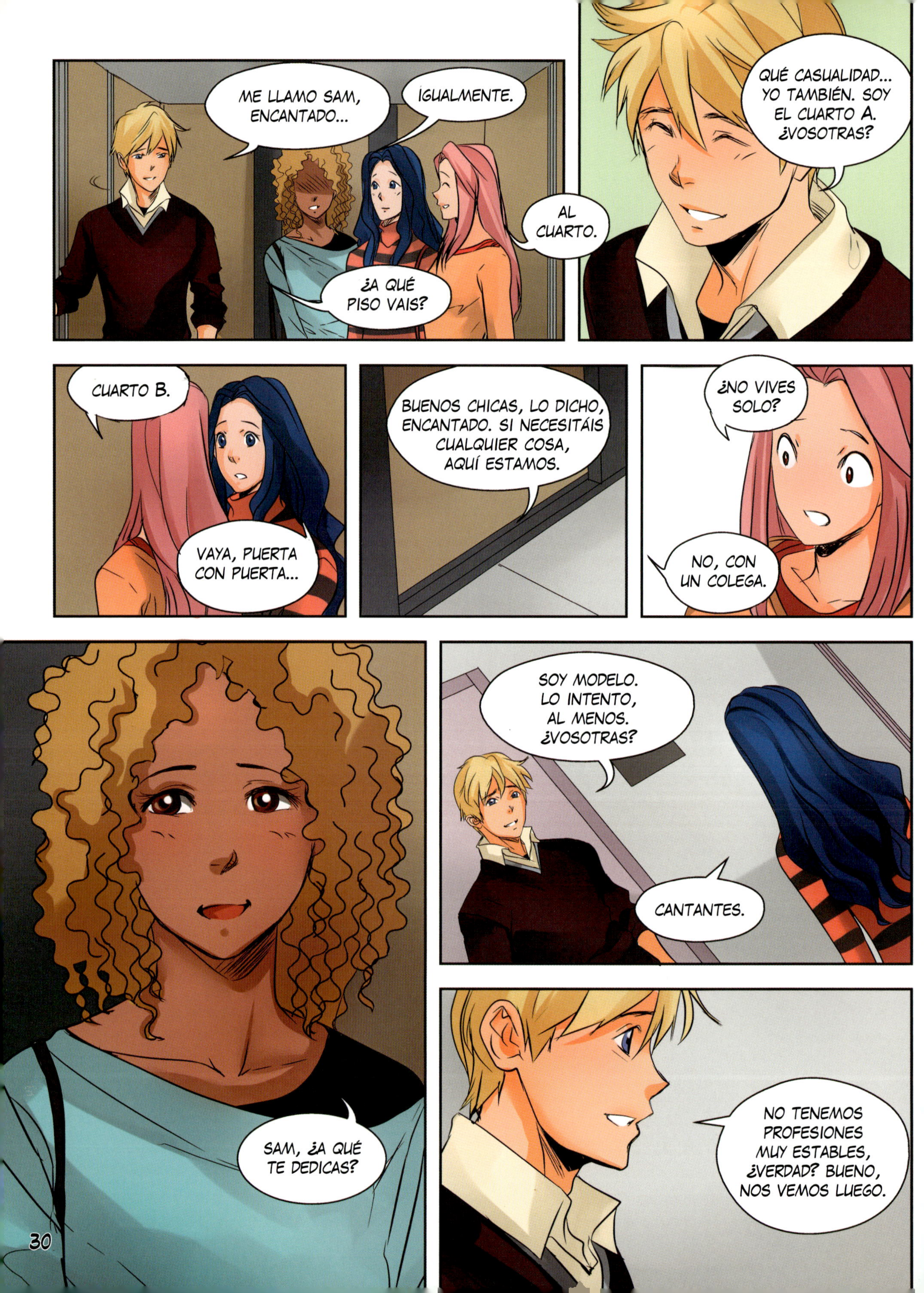
ME LLAMO SAM, ENCANTADO...
IGUALMENTE.
¿A QUÉ PISO VAIS?
AL CUARTO.
QUÉ CASUALIDAD... YO TAMBIÉN. SOY EL CUARTO A. ¿VOSOTRAS?
CUARTO B.
VAYA, PUERTA CON PUERTA...
BUENOS CHICAS, LO DICHO, ENCANTADO. SI NECESITÁIS CUALQUIER COSA, AQUÍ ESTAMOS.
¿NO VIVES SOLO?
NO, CON UN COLEGA.
SAM, ¿A QUÉ TE DEDICAS?
SOY MODELO. LO INTENTO, AL MENOS. ¿VOSOTRAS?
CANTANTES.
NO TENEMOS PROFESIONES MUY ESTABLES, ¿VERDAD? BUENO, NOS VEMOS LUEGO.

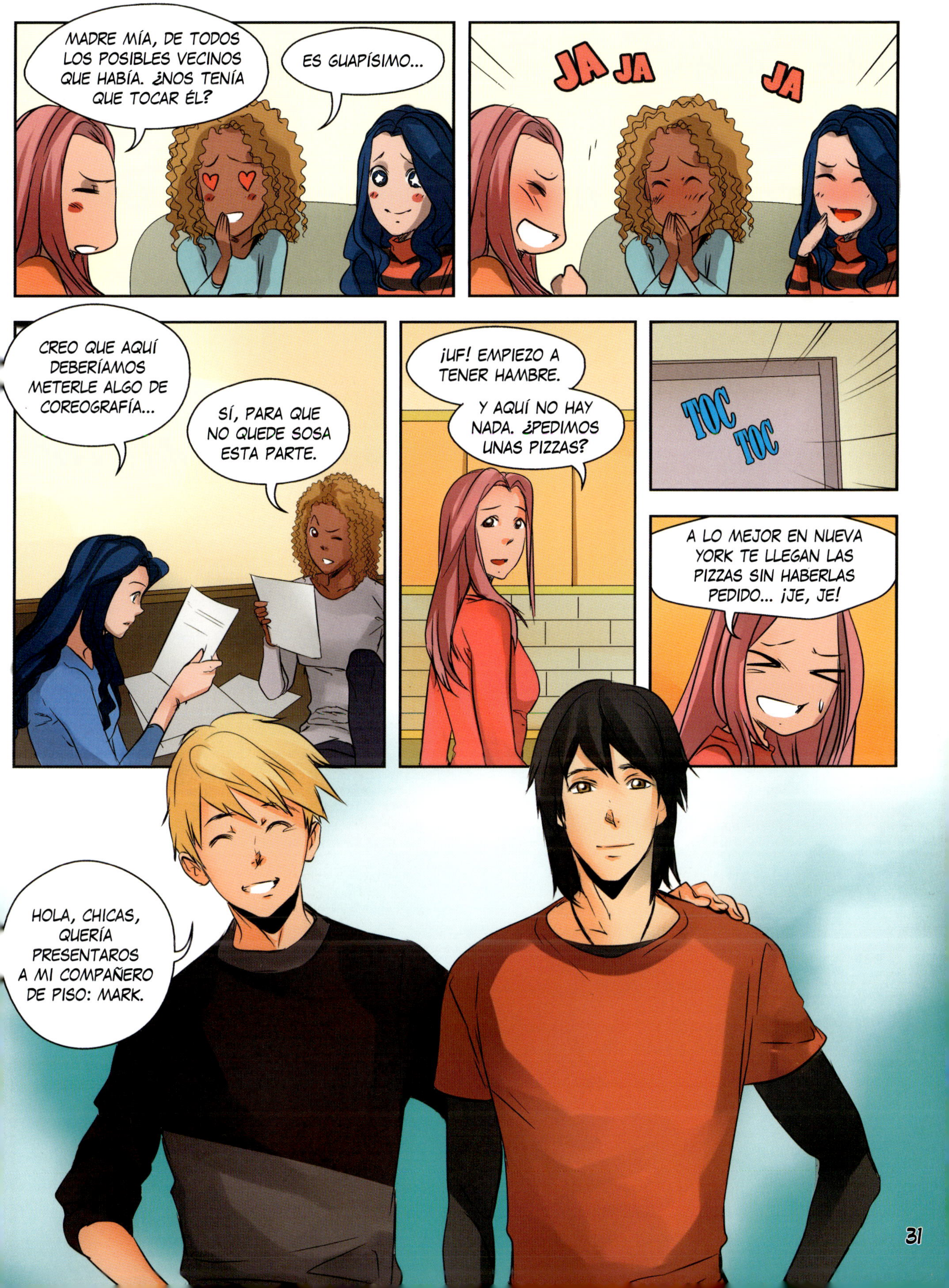
MADRE MÍA, DE TODOS LOS POSIBLES VECINOS QUE HABÍA. ¿NOS TENÍA QUE TOCAR ÉL?
ES GUAPÍSIMO...
JA JA JA
CREO QUE AQUÍ DEBERÍAMOS METERLE ALGO DE COREOGRAFÍA...
SÍ, PARA QUE NO QUEDE SOSA ESTA PARTE.
¡UF! EMPIEZO A TENER HAMBRE.
Y AQUÍ NO HAY NADA. ¿PEDIMOS UNAS PIZZAS?
TOC TOC
A LO MEJOR EN NUEVA YORK TE LLEGAN LAS PIZZAS SIN HABERLAS PEDIDO... ¡JE, JE!
HOLA, CHICAS, QUERÍA PRESENTAROS A MI COMPAÑERO DE PISO: MARK.

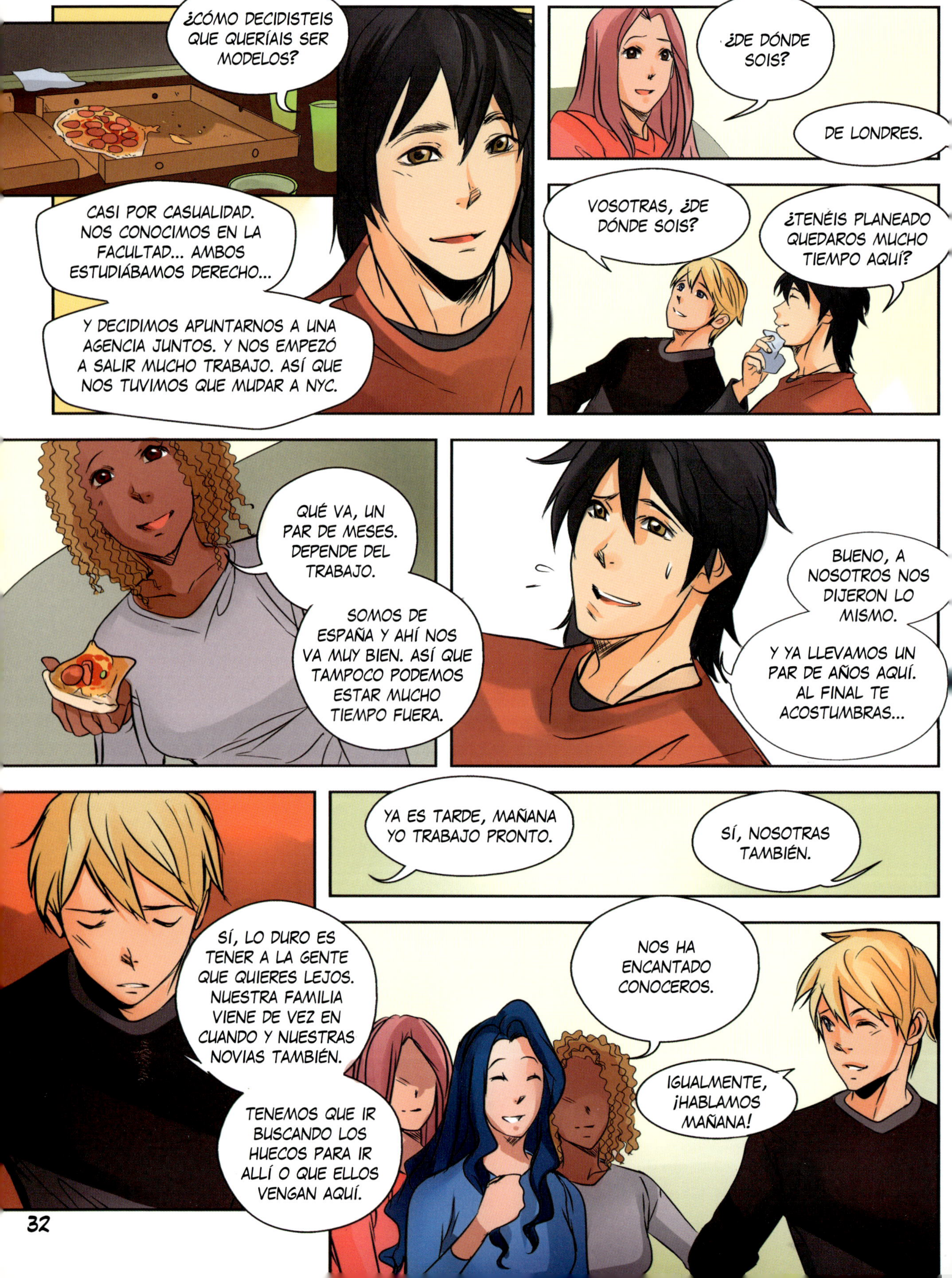
¿CÓMO DECIDISTEIS QUE QUERÍAIS SER MODELOS?
CASI POR CASUALIDAD. NOS CONOCIMOS EN LA FACULTAD... AMBOS ESTUDIÁBAMOS DERECHO...
Y DECIDIMOS APUNTARNOS A UNA AGENCIA JUNTOS. Y NOS EMPEZÓ A SALIR MUCHO TRABAJO. ASÍ QUE NOS TUVIMOS QUE MUDAR A NYC.
¿DE DÓNDE SOIS?
DE LONDRES.
VOSOTRAS, ¿DE DÓNDE SOIS?
¿TENÉIS PLANEADO QUEDAROS MUCHO TIEMPO AQUÍ?
QUÉ VA, UN PAR DE MESES. DEPENDE DEL TRABAJO.
SOMOS DE ESPAÑA Y AHÍ NOS VA MUY BIEN. ASÍ QUE TAMPOCO PODEMOS ESTAR MUCHO TIEMPO FUERA.
BUENO, A NOSOTROS NOS DIJERON LO MISMO.
Y YA LLEVAMOS UN PAR DE AÑOS AQUÍ. AL FINAL TE ACOSTUMBRAS...
SÍ, LO DURO ES TENER A LA GENTE QUE QUIERES LEJOS. NUESTRA FAMILIA VIENE DE VEZ EN CUANDO Y NUESTRAS NOVIAS TAMBIÉN.
TENEMOS QUE IR BUSCANDO LOS HUECOS PARA IR ALLÍ O QUE ELLOS VENGAN AQUÍ.
YA ES TARDE, MAÑANA YO TRABAJO PRONTO.
SÍ, NOSOTRAS TAMBIÉN.
NOS HA ENCANTADO CONOCEROS.
IGUALMENTE, ¡HABLAMOS MAÑANA!

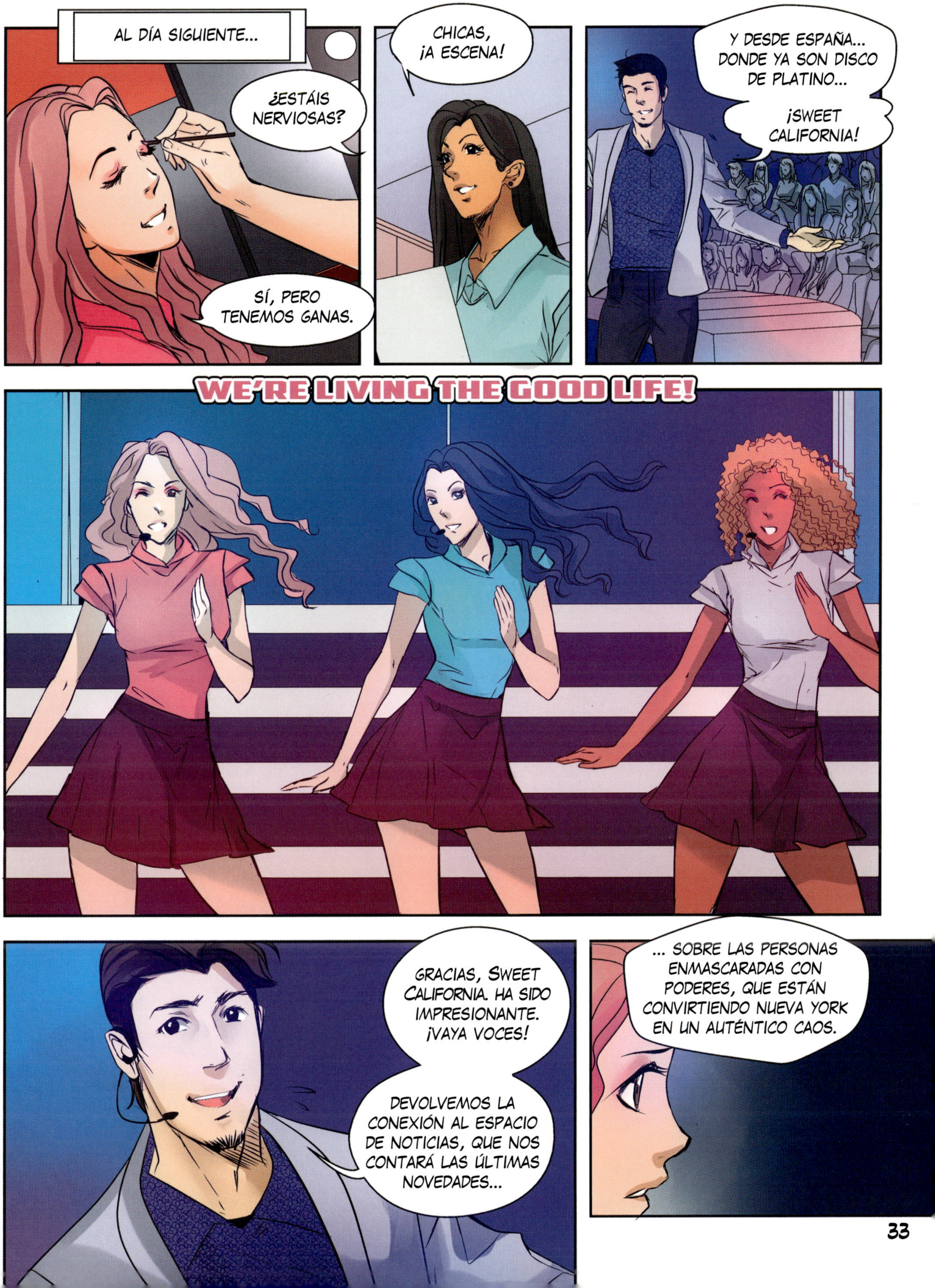

AL DÍA SIGUIENTE...
¿ESTÁIS NERVIOSAS?
SÍ, PERO TENEMOS GANAS.
CHICAS, ¡A ESCENA!
Y DESDE ESPAÑA... DONDE YA SON DISCO DE PLATINO...
¡SWEET CALIFORNIA!
WE'RE LIVING THE GOOD LIFE!
GRACIAS, SWEET CALIFORNIA. HA SIDO IMPRESIONANTE. ¡VAYA VOCES!
DEVOLVEMOS LA CONEXIÓN AL ESPACIO DE NOTICIAS, QUE NOS CONTARÁ LAS ÚLTIMAS NOVEDADES...
... SOBRE LAS PERSONAS ENMASCARADAS CON PODERES, QUE ESTÁN CONVIRTIENDO NUEVA YORK EN UN AUTÉNTICO CAOS.

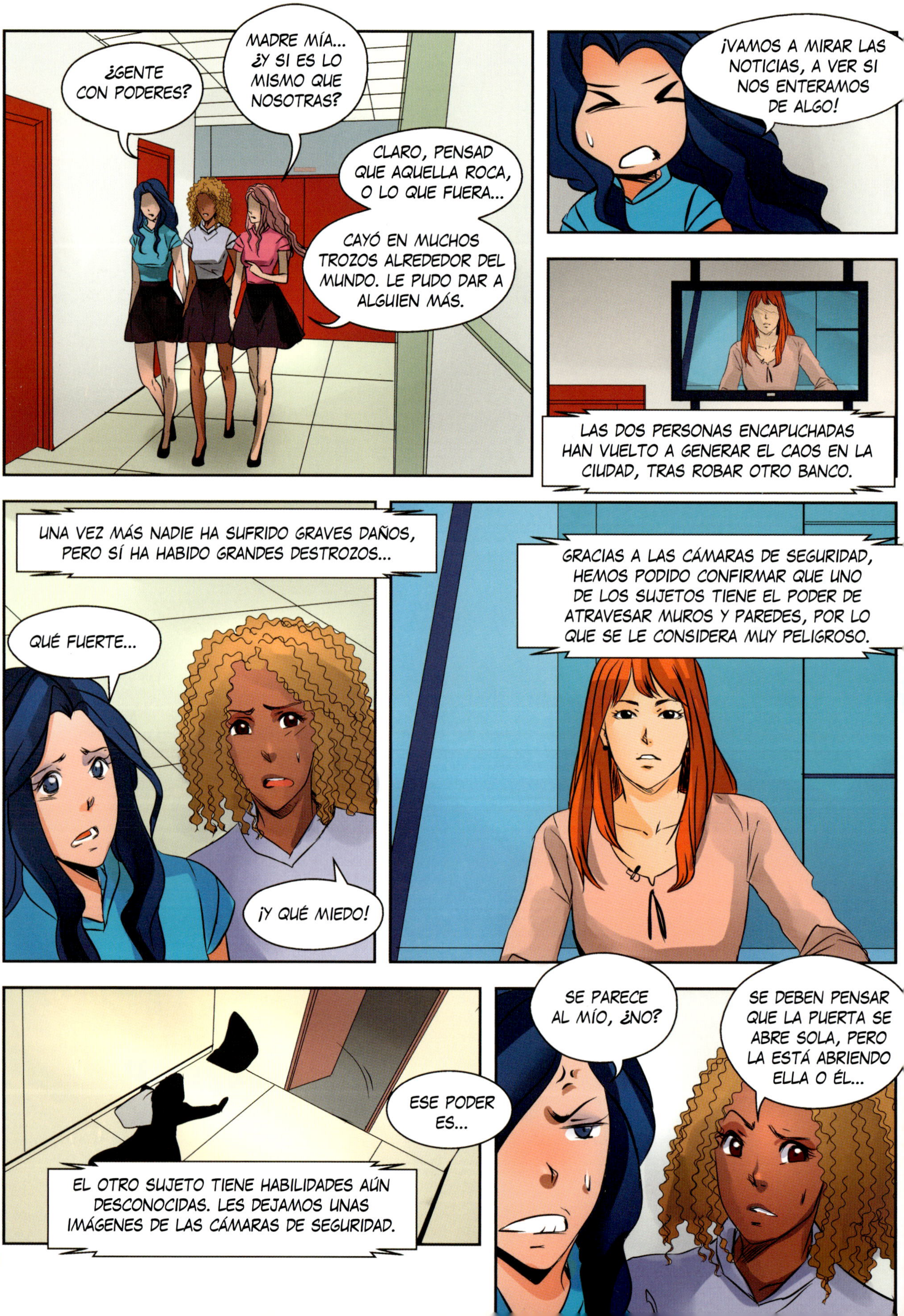
¿GENTE CON PODERES?
MADRE MÍA... ¿Y SI ES LO MISMO QUE NOSOTRAS?
CLARO, PENSAD QUE AQUELLA ROCA, O LO QUE FUERA...
CAYÓ EN MUCHOS TROZOS ALREDEDOR DEL MUNDO. LE PUDO DAR A ALGUIEN MÁS.
¡VAMOS A MIRAR LAS NOTICIAS, A VER SI NOS ENTERAMOS DE ALGO!
LAS DOS PERSONAS ENCAPUCHADAS HAN VUELTO A GENERAR EL CAOS EN LA CIUDAD, TRAS ROBAR OTRO BANCO.
UNA VEZ MÁS NADIE HA SUFRIDO GRAVES DAÑOS, PERO SÍ HA HABIDO GRANDES DESTROZOS...
QUÉ FUERTE...
¡Y QUÉ MIEDO!
GRACIAS A LAS CÁMARAS DE SEGURIDAD, HEMOS PODIDO CONFIRMAR QUE UNO DE LOS SUJETOS TIENE EL PODER DE ATRAVESAR MUROS Y PAREDES, POR LO QUE SE LE CONSIDERA MUY PELIGROSO.
EL OTRO SUJETO TIENE HABILIDADES AÚN DESCONOCIDAS. LES DEJAMOS UNAS IMÁGENES DE LAS CÁMARAS DE SEGURIDAD.
ESE PODER ES...
SE PARECE AL MÍO, ¿NO?
SE DEBEN PENSAR QUE LA PUERTA SE ABRE SOLA, PERO LA ESTÁ ABRIENDO ELLA O ÉL...

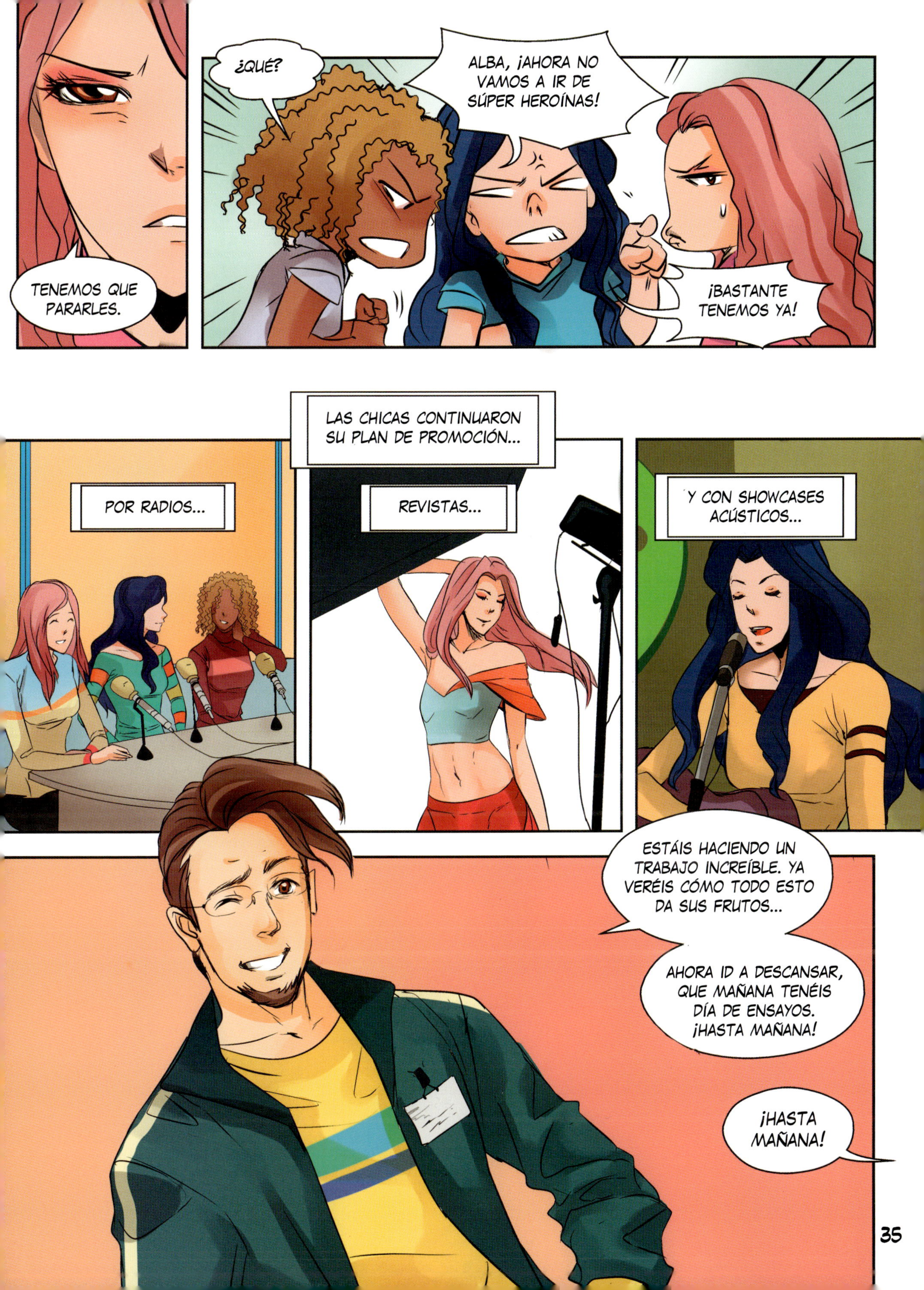
TENEMOS QUE PARARLES.
¿QUÉ?
ALBA, ¡AHORA NO VAMOS A IR DE SÚPER HEROÍNAS!
¡BASTANTE TENEMOS YA!
LAS CHICAS CONTINUARON SU PLAN DE PROMOCIÓN...
POR RADIOS...
REVISTAS...
Y CON SHOWCASES ACÚSTICOS...
ESTÁIS HACIENDO UN TRABAJO INCREÍBLE. YA VERÉIS CÓMO TODO ESTO DA SUS FRUTOS...
AHORA ID A DESCANSAR, QUE MAÑANA TENÉIS DÍA DE ENSAYOS. ¡HASTA MAÑANA!
¡HASTA MAÑANA!

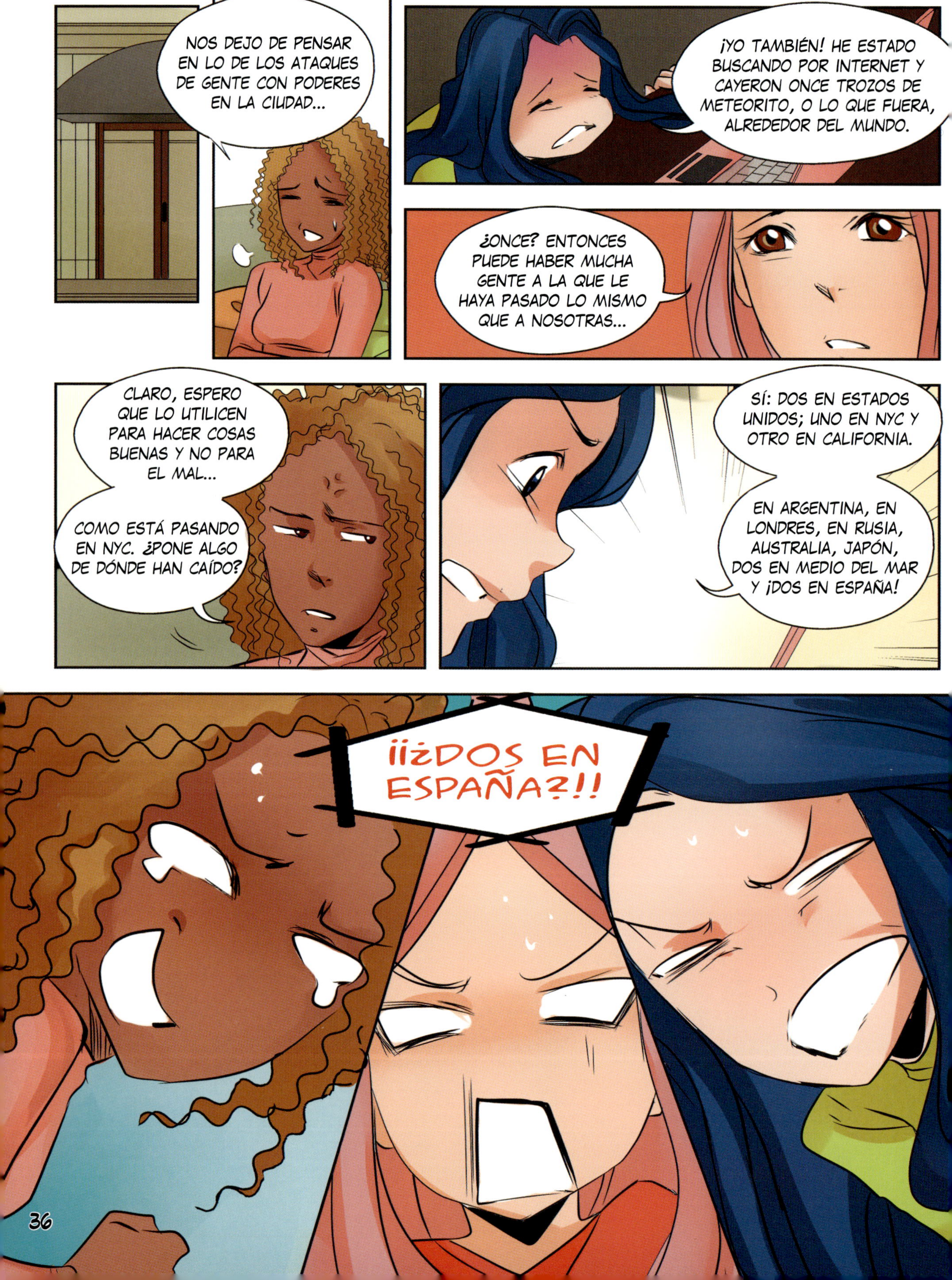
NOS DEJO DE PENSAR EN LO DE LOS ATAQUES DE GENTE CON PODERES EN LA CIUDAD...
¡YO TAMBIÉN! HE ESTADO BUSCANDO POR INTERNET Y CAYERON ONCE TROZOS DE METEORITO, O LO QUE FUERA, ALREDEDOR DEL MUNDO.
¿ONCE? ENTONCES PUEDE HABER MUCHA GENTE A LA QUE LE HAYA PASADO LO MISMO QUE A NOSOTRAS...
CLARO, ESPERO QUE LO UTILICEN PARA HACER COSAS BUENAS Y NO PARA EL MAL...
COMO ESTÁ PASANDO EN NYC. ¿PONE ALGO DE DÓNDE HAN CAÍDO?
SÍ: DOS EN ESTADOS UNIDOS; UNO EN NYC Y OTRO EN CALIFORNIA.
EN ARGENTINA, EN LONDRES, EN RUSIA, AUSTRALIA, JAPÓN, DOS EN MEDIO DEL MAR Y ¡DOS EN ESPAÑA!
¡¡¿DOS EN ESPAÑA?!!

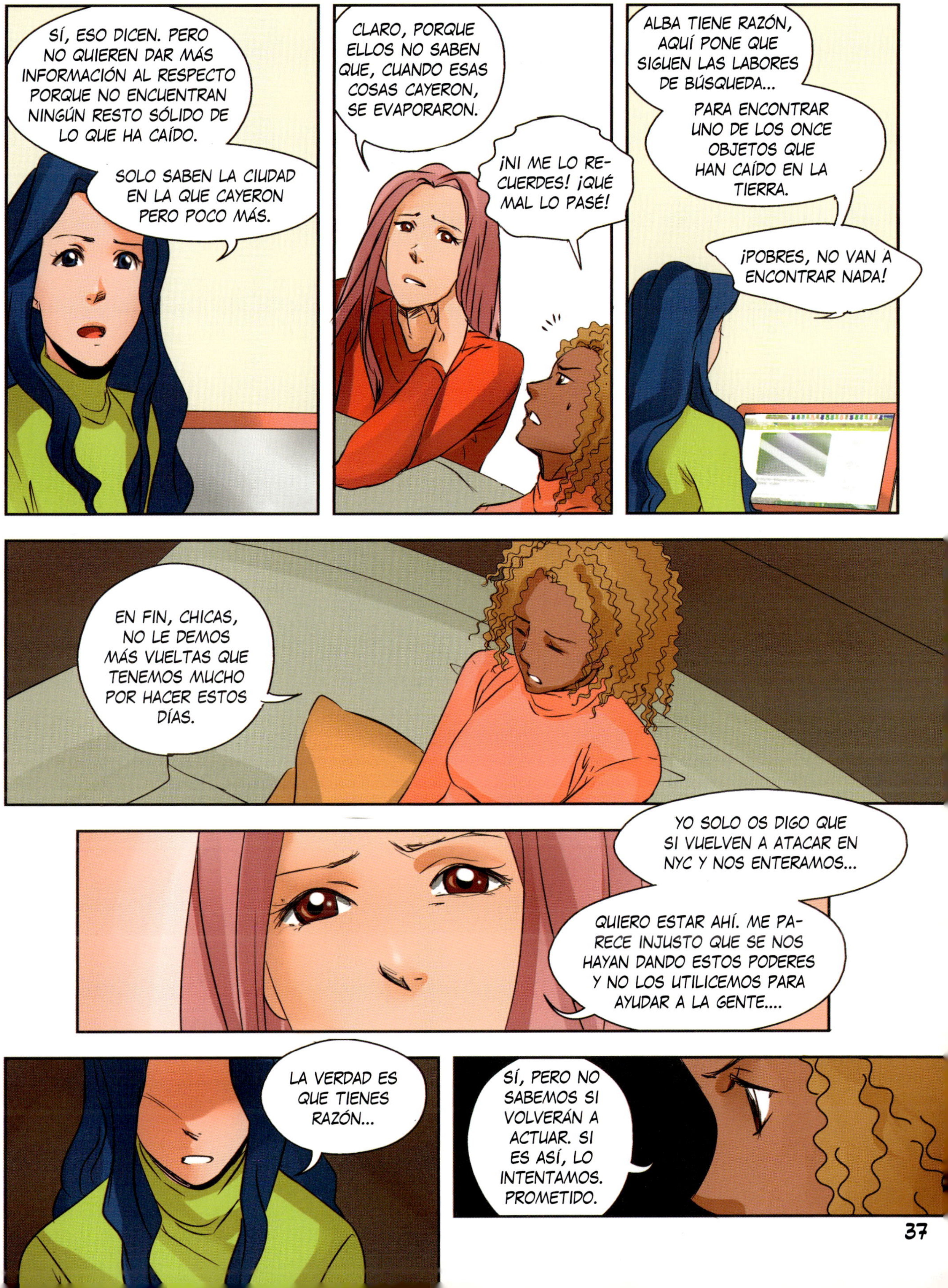
SÍ, ESO DICEN. PERO NO QUIEREN DAR MÁS INFORMACIÓN AL RESPECTO PORQUE NO ENCUENTRAN NINGÚN RESTO SÓLIDO DE LO QUE HA CAÍDO.
SOLO SABEN LA CIUDAD EN LA QUE CAYERON PERO POCO MÁS.
CLARO, PORQUE ELLOS NO SABEN QUE, CUANDO ESAS COSAS CAYERON, SE EVAPORARON.
¡NI ME LO RE-CUERDES! ¡QUÉ MAL LO PASÉ!
ALBA TIENE RAZÓN, AQUÍ PONE QUE SIGUEN LAS LABORES DE BÚSQUEDA...
PARA ENCONTRAR UNO DE LOS ONCE OBJETOS QUE HAN CAÍDO EN LA TIERRA.
¡POBRES, NO VAN A ENCONTRAR NADA!
EN FIN, CHICAS, NO LE DEMOS MÁS VUELTAS QUE TENEMOS MUCHO POR HACER ESTOS DÍAS.
YO SOLO OS DIGO QUE SI VUELVEN A ATACAR EN NYC Y NOS ENTERAMOS...
QUIERO ESTAR AHÍ. ME PA-RECE INJUSTO QUE SE NOS HAYAN DANDO ESTOS PODERES Y NO LOS UTILICEMOS PARA AYUDAR A LA GENTE....
LA VERDAD ES QUE TIENES RAZÓN...
SÍ, PERO NO SABEMOS SI VOLVERÁN A ACTUAR. SI ES ASÍ, LO INTENTAMOS. PROMETIDO.

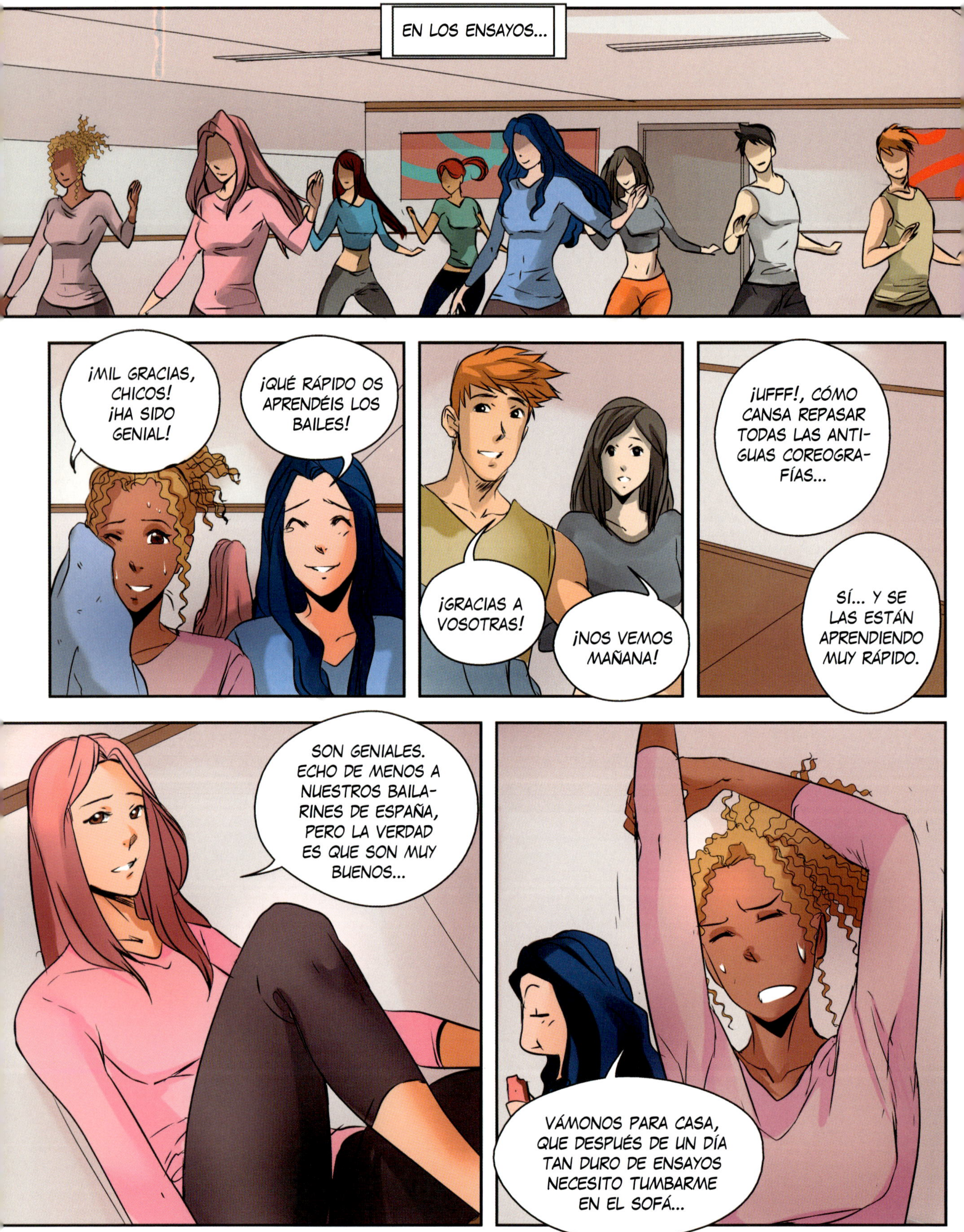
EN LOS ENSAYOS...
¡MIL GRACIAS, CHICOS! ¡HA SIDO GENIAL!
¡QUÉ RÁPIDO OS APRENDÉIS LOS BAILES!
¡GRACIAS A VOSOTRAS!
¡NOS VEMOS MAÑANA!
¡UFFF!, CÓMO CANSA REPASAR TODAS LAS ANTI-GUAS COREOGRA-FÍAS...
SÍ... Y SE LAS ESTÁN APRENDIENDO MUY RÁPIDO.
SON GENIALES. ECHO DE MENOS A NUESTROS BAILA-RINES DE ESPAÑA, PERO LA VERDAD ES QUE SON MUY BUENOS...
VÁMONOS PARA CASA, QUE DESPUÉS DE UN DÍA TAN DURO DE ENSAYOS NECESITO TUMBARME EN EL SOFÁ...

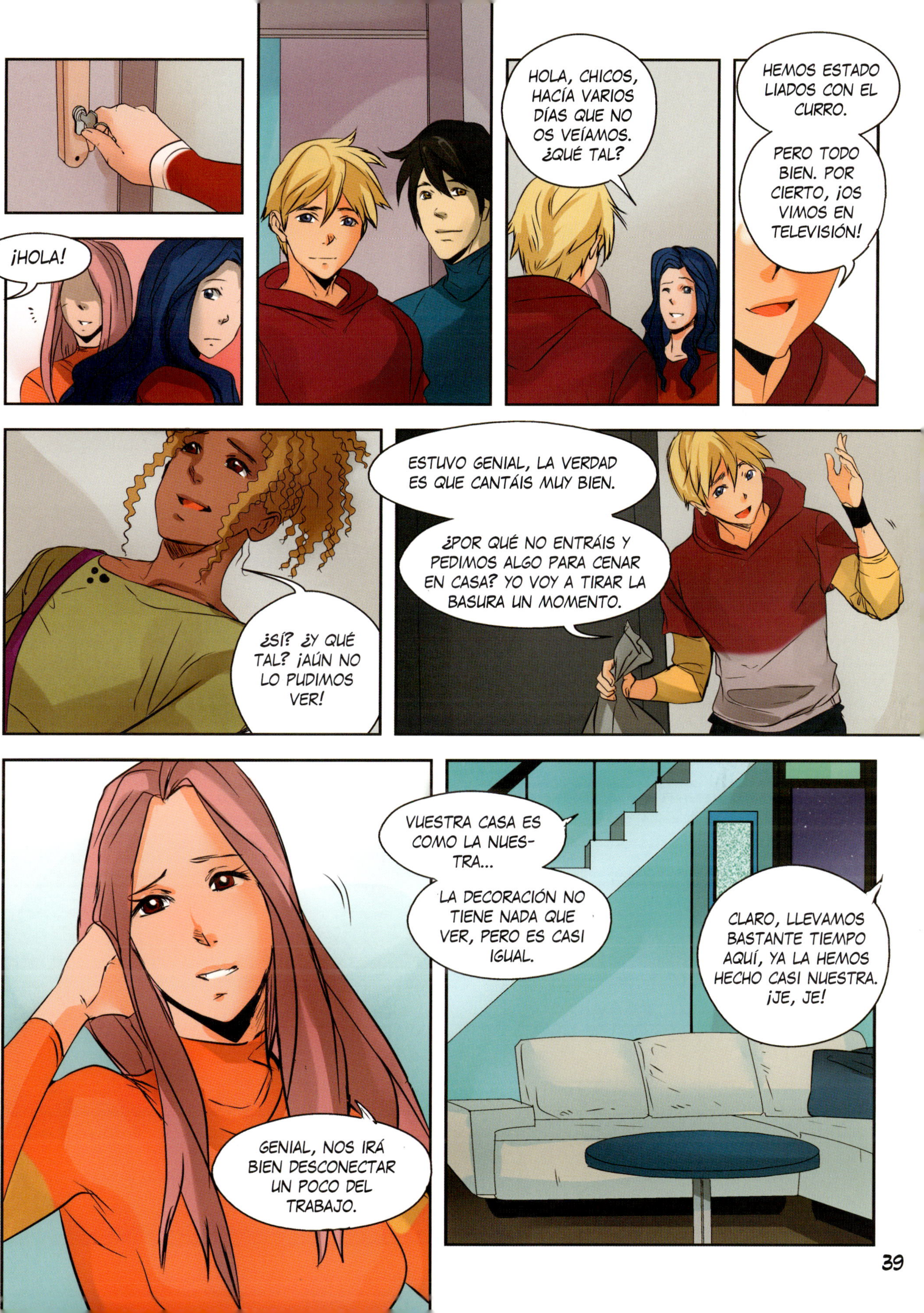
¡HOLA!
HOLA, CHICOS, HACÍA VARIOS DÍAS QUE NO OS VEÍAMOS. ¿QUÉ TAL?
HEMOS ESTADO LIADOS CON EL CURRO.
PERO TODO BIEN. POR CIERTO, ¡OS VIMOS EN TELEVISIÓN!
¿SÍ? ¿Y QUÉ TAL? ¡AÚN NO LO PUDIMOS VER!
ESTUVO GENIAL, LA VERDAD ES QUE CANTÁIS MUY BIEN.
¿POR QUÉ NO ENTRÁIS Y PEDIMOS ALGO PARA CENAR EN CASA? YO VOY A TIRAR LA BASURA UN MOMENTO.
GENIAL, NOS IRÁ BIEN DESCONECTAR UN POCO DEL TRABAJO.
VUESTRA CASA ES COMO LA NUES-TRA...
LA DECORACIÓN NO TIENE NADA QUE VER, PERO ES CASI IGUAL.
CLARO, LLEVAMOS BASTANTE TIEMPO AQUÍ, YA LA HEMOS HECHO CASI NUESTRA. ¡JE, JE!

¿Y CUÁLES HAN SIDO LOS ÚLTIMOS TRABAJOS QUE HABÉIS ESTADO HACIENDO?
YO AYER HICE UNA SESIÓN DE FOTOS PARA UNA REVISTA.
CON PRENDAS DE LA ÚLTIMA TEMPORADA.
¡QUÉ DIVERTIDO! ¿NO?
BUENO, ESTÁ BIEN... PERO SON MUCHAS HORAS, MÁS DE LAS QUE LA GENTE SE PIENSA.
¿Y TÚ, MARK?
YO... MMM...
JJJ
¿DE QUÉ OS REÍS? ¿QUÉ HA SIDO?
LO ÚLTIMO QUE HIZO, HACE UNOS DÍAS, FUE UN CATÁLOGO DE ROPA INTERIOR... ¡JA, JA, JA!
¡JA, JA, JA! ¡NO PASA NADA!
YA, PERO PASÉ MUCHA VERGÜENZA CON TODO EL MUNDO MIRÁNDOME...
ADEMÁS, SE OBSESIONÓ.
ESTUVO UNA SEMANA COMIENDO SOLO ENSALADAS, PARA ESTAR EN PLENA FORMA. ¡ESTÁ LOCO!

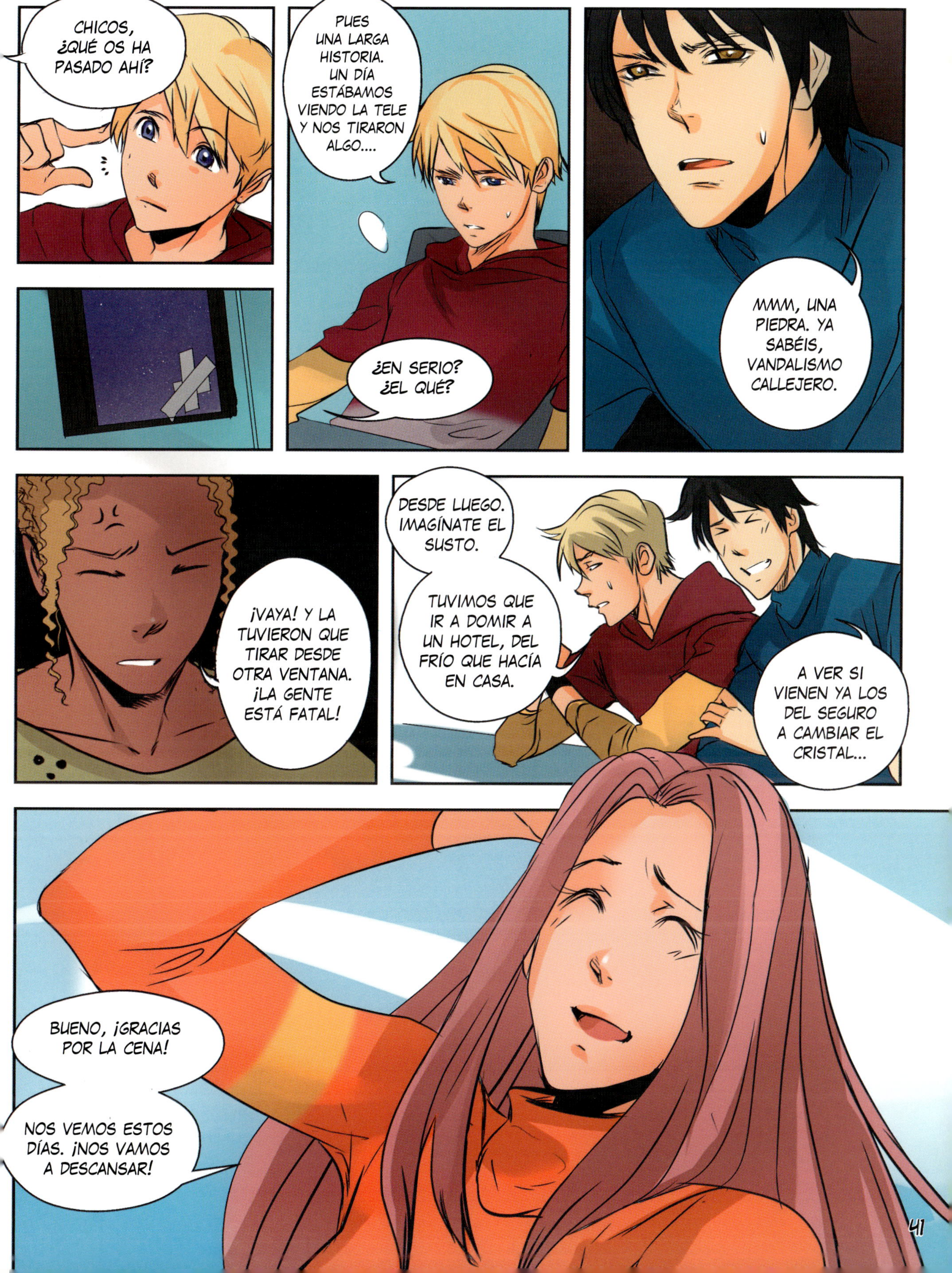
CHICOS, ¿QUÉ OS HA PASADO AHÍ?
PUES UNA LARGA HISTORIA. UN DÍA ESTÁBAMOS VIENDO LA TELE Y NOS TIRARON ALGO....
¿EN SERIO? ¿EL QUÉ?
MMM, UNA PIEDRA. YA SABÉIS, VANDALISMO CALLEJERO.
¡VAYA! Y LA TUVIERON QUE TIRAR DESDE OTRA VENTANA. ¡LA GENTE ESTÁ FATAL!
DESDE LUEGO. IMAGÍNATE EL SUSTO.
TUVIMOS QUE IR A DOMIR A UN HOTEL, DEL FRÍO QUE HACÍA EN CASA.
A VER SI VIENEN YA LOS DEL SEGURO A CAMBIAR EL CRISTAL...
BUENO, ¡GRACIAS POR LA CENA!
NOS VEMOS ESTOS DÍAS. ¡NOS VAMOS A DESCANSAR!

¡QUÉ BUEN DÍA HACE HOY! ME LO PASARÍA RECORRIENDO LA CIUDAD...
YO TAMBIÉN... ¡PODRÍAMOS IR A CENTRAL PARK!
ME ACABA DE LLEGAR UN MENSAJE...
TENEMOS UN PA- QUETE ESPERANDO... ¡ENVIADO DESDE ESPAÑA!
¡QUÉ BIEN! ¿QUÉ SERÁ?
¡NOS LO HABRÁN ENVIADO NUESTRAS FAMILIAS! ¡AHÍ ESTÁ LA PARADA DE METRO!
VEO QUE ESTO DE IR APLASTADAS EN EL METRO NO CAMBIA AUNQUE ESTEMOS EN NUEVA YORK O MADRID...
¡CENTRAL PARK ES INCREÍBLE!

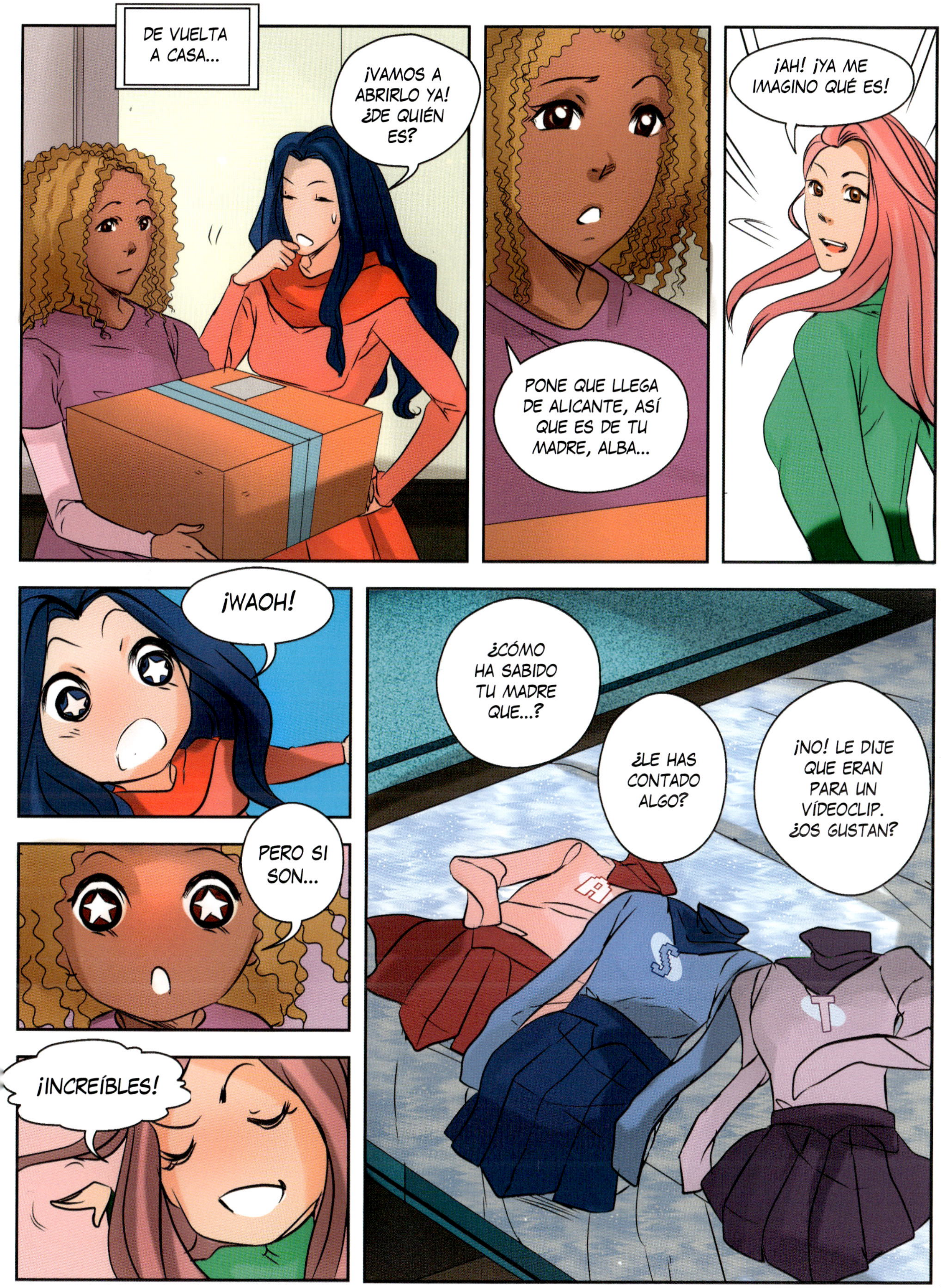
DE VUELTA A CASA...
¡VAMOS A ABRIRLO YA! ¿DE QUIÉN ES?
PONE QUE LLEGA DE ALICANTE, ASÍ QUE ES DE TU MADRE, ALBA...
¡AH! ¡YA ME IMAGINO QUÉ ES!
¡WAOH!
PERO SI SON...
¡INCREÍBLES!
¿CÓMO HA SABIDO TU MADRE QUE...?
¿LE HAS CONTADO ALGO?
¡NO! LE DIJE QUE ERAN PARA UN VÍDEOCLIP. ¿OS GUSTAN?

¡SON PERFECTOS!

TENEMOS QUE PRACTICAR MÁS NUESTRAS HABILIDADES.
DESPUÉS DE LAS COREOS, CUANDO SE VAYAN LOS BAILARINES, NOS DEBE-RÍAMOS PONER...
ES IMPORTANTE QUE ESTEMOS PREPARADAS...
SHAAA
YO LO DEJO YA EN LA MOCHILA, Y LO LLEVARÉ SIEMPRE, POR SI ACASO... ¡JE, JE!
UNOS DÍAS DESPUÉS...
RISTORANTI
ES ALUCINANTE TODO LO QUE HEMOS APRENDIDO DE NUESTRAS HABILIDADES ESTE TIEMPO...
YA. AL PRINCIPIO PENSABA QUE SOLO PODÍA CONTROLAR EL AGUA.
Y ME HE DADO CUENTA DE QUE SI ME CONCENTRO, PUEDO CON LOS CUATRO ELEMENTOS.
¿NO TE DA MIEDO EL FUEGO?
LA VERDAD ES QUE SÍ, ES EL QUE MENOS CONTROLO, PORQUE NO ESTOY MUY SEGURA AÚN.
TENEMOS NOVEDADES SOBRE EL INCIDENTE DEL METEORITO QUE CAYÓ EN CALIFORNIA HACE UNOS MESES.
YA PODEMOS CONFIRMAR LA LOCALIZACIÓN DEL IMPACTO. FUE EN UN INSTITUTO DE LA LOCALIDAD DE CARLSBAD, MIENTRAS UNOS POCOS ALUMNOS HACÍAN CLASES EXTRAESCOLARES...

POR ESTAR CASTIGADOS, NINGUNO DE ELLOS HA QUERIDO HACER DECLARACIONES.
TAMPOCO SE HAN ENCONTRADO RESTOS DEL SUPUESTO ARTEFACTO.
QUÉ FUERTE... A ESOS NIÑOS, ¿LES HABRÁ PASADO LO MISMO QUE A NOSOTRAS?
IMAGINO QUE SÍ...
¿QUÉ PASA AHORA? ¿QUÉ RUIDO ES ESE? ¿ES UNA AMBULANCIA?
¡ES LA POLICÍA...!
NYPD
YPD
CHICAS, ¡ES EL MOMENTO DE AYUDAR!

¡ARRIBA LAS MANOS!
LO QUE USTED DIGA...
¡LEVANTA LAS DOS MANOS!
¡CUIDADOOO!
RASS
NYPD
POLICE
BOOOOOM
¡ESE TÍO PUEDE CONTROLAR LAS MÁQUINAS!
¡VÁMONOS! ¡RÁPIDO!
FUM

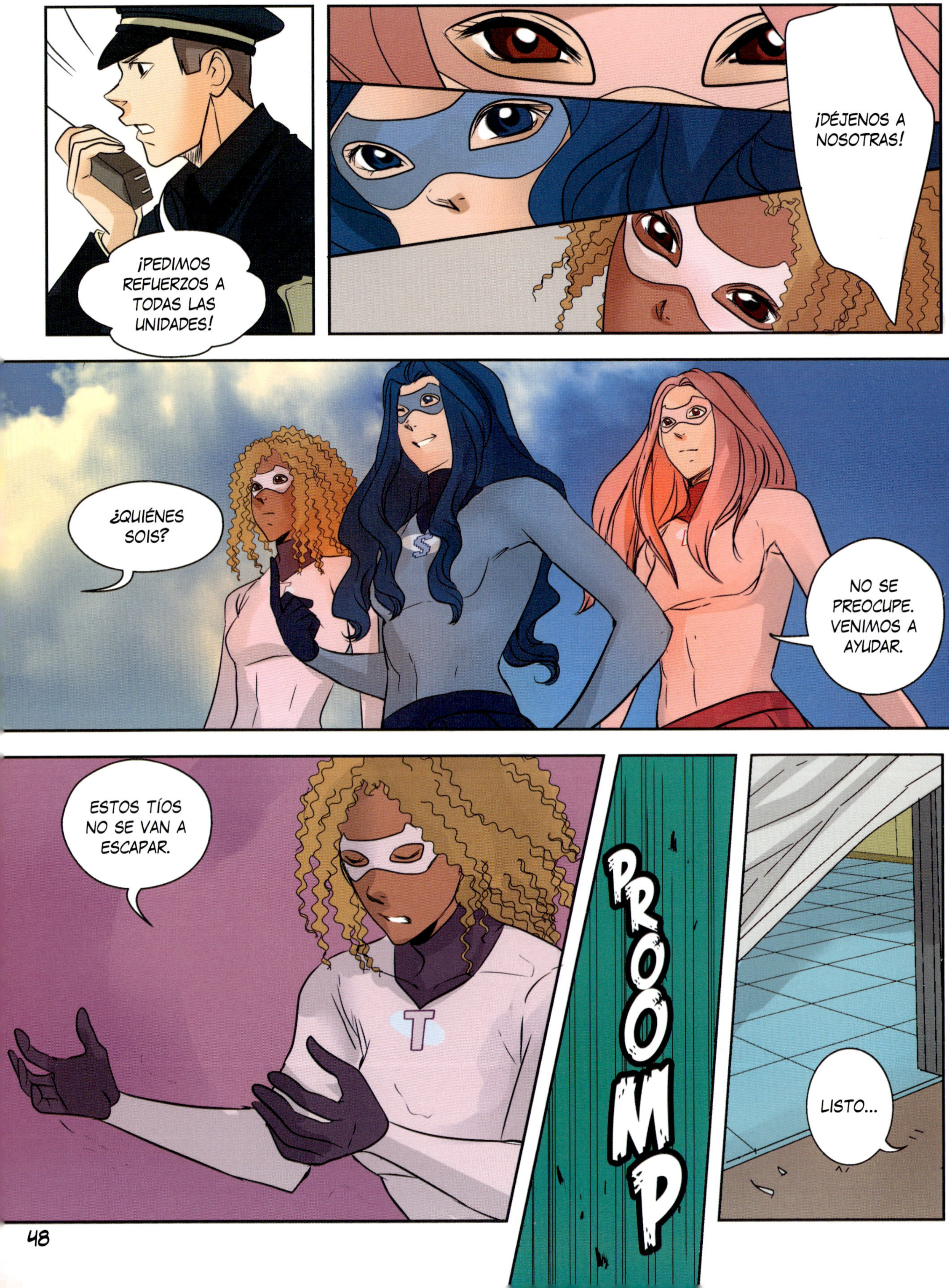
¡PEDIMOS REFUERZOS A TODAS LAS UNIDADES!
¡DÉJENOS A NOSOTRAS!
¿QUIÉNES SOIS?
NO SE PREOCUPE. VENIMOS A AYUDAR.
ESTOS TÍOS NO SE VAN A ESCAPAR.
PROOOMP
LISTO...

¡A POR ELLOS!
¡TENED CUIDADO!
¿DE DÓNDE HAN SALIDO ESTAS?
¡HAN ABIERTO LA PUERTA, TÍO! ¡HAY QUE PIRARSE!
QUIERO ACABAR CON ELLOS...
¿TE HAS VUELTO LOCO? SOLO VENÍAMOS A POR LA PASTA...
NO VAMOS A HACER DAÑO A NADIE.
ESO YA LO VEREMOS...
¡SE OS HA ACABADO EL CHOLLO! ¡ES MEJOR QUE OS ENTREGUÉIS!
¿CÓMO HAS HECHO ESO? ¿ERES COMO NOSOTROS?
LO QUE TU DIGAS... ME HE DESPERTADO CON GANAS DE ACCIÓN.
ES MEJOR QUE OS RINDÁIS...

¡VAMOS, BONITA!
¡¡AAAAHH!!
SHAAA
¿QUÉ? ¿CÓMO LO HAS HECHO?
¡GRACIAS!
¿PARA QUÉ ESTÁN LAS AMIGAS?
¿PERO VOSOTRAS SOIS...?
SOMOS LAS QUE OS VAN A DAR UNA PALIZA.
PROOM
PROOM
¡¿QUÉ DEMONIOS?!
PROOM

¡A POR ELLOS!
¡HAY QUE PIRARSE!
¡TOMAD ESTO!
SPLAASH
¡SE ESCAPAN!
¡MALDICIÓN!
SPLAASH
SPLAASH
¡NO TAN RÁPIDO
¡VAMOS!
SPLAASH
VAYA, HAN CONSEGUIDO ESCAPAR.

¡UF! ¡HA FALTADO POCO!
SÍ... HAS RECONOCIDO QUIÉNES ERAN, ¿NO?
SÍ, CLARO QUE LAS HE RECONOCIDO. ¿TÚ CREES QUE ELLAS A NOSOTROS?
NO. CREO QUE NO... Y TENEMOS QUE JUGAR BIEN ESA VENTAJA.
SON MUY FUERTES, PERO NO SABEN QUE TIENEN AL ENEMIGO PRÁCTICAMENTE EN CASA.
NO TE PASES, SAM, SON BUENAS CHICAS. SOLO ESTABAN AYUDANDO A LA POLICÍA.
NO. NOS HAN DEJADO EN EVIDENCIA DELANTE DEL MUNDO.
¡ESAS TÍAS ME LAS VAN A PAGAR!

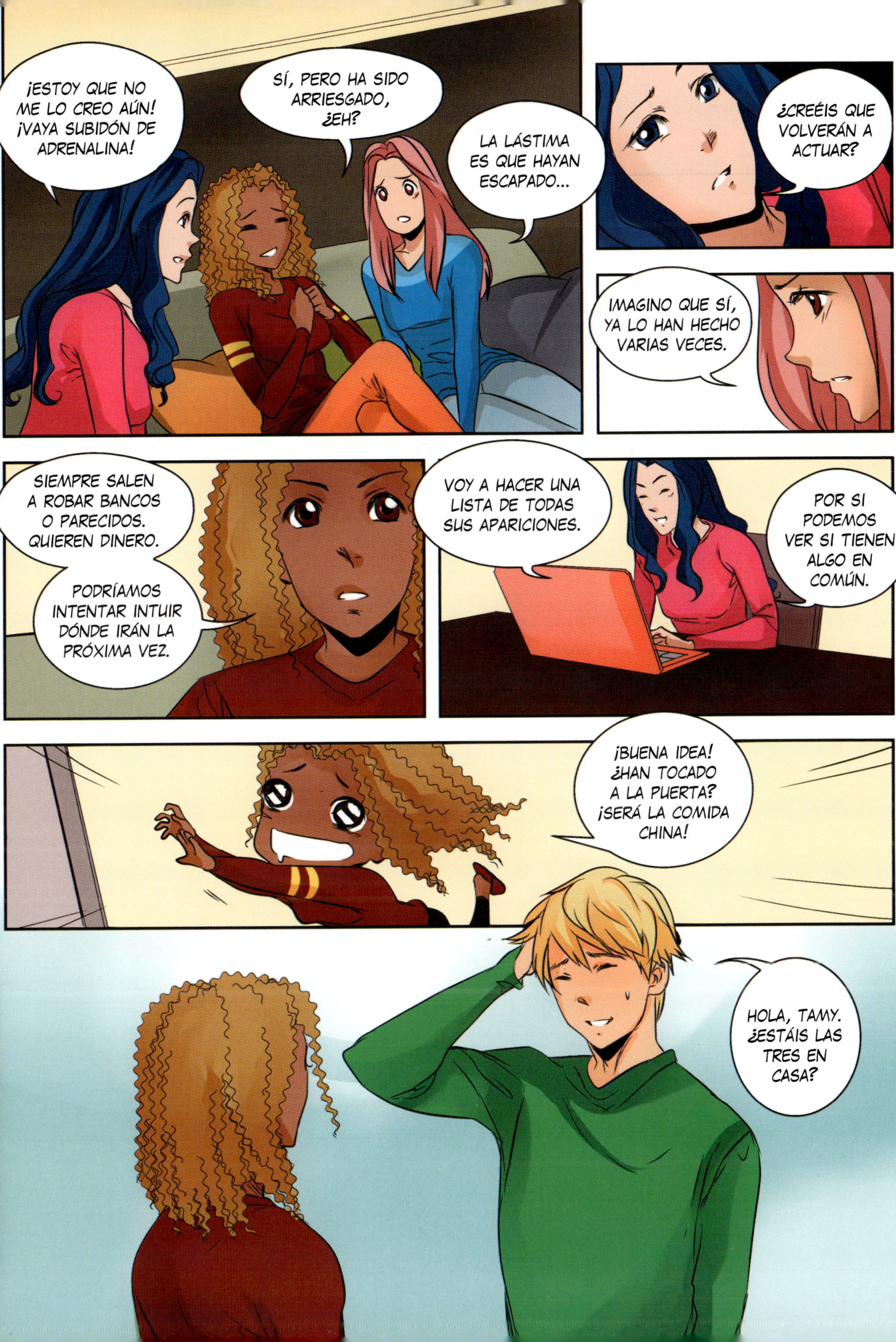
¡ESTOY QUE NO ME LO CREO AÚN! ¡VAYA SUBIDÓN DE ADRENALINA!
SÍ, PERO HA SIDO ARRIESGADO, ¿EH?
LA LÁSTIMA ES QUE HAYAN ESCAPADO...
¿CREÉIS QUE VOLVERÁN A ACTUAR?
IMAGINO QUE SÍ, YA LO HAN HECHO VARIAS VECES.
SIEMPRE SALEN A ROBAR BANCOS O PARECIDOS. QUIEREN DINERO.
PODRÍAMOS INTENTAR INTUIR DÓNDE IRÁN LA PRÓXIMA VEZ.
VOY A HACER UNA LISTA DE TODAS SUS APARICIONES.
POR SI PODEMOS VER SI TIENEN ALGO EN COMÚN.
¡BUENA IDEA! ¿HAN TOCADO A LA PUERTA? ¡SERÁ LA COMIDA CHINA!
HOLA, TAMY. ¿ESTÁIS LAS TRES EN CASA?

¡HOLA, SAM! SÍ, ¡ESTAMOS LAS TRES! ¿TE QUEDAS A CENAR?
SAM, ¿CÓMO ESTÁS?
¿Y MARK?
NO HA QUERIDO VENIR. SE HA QUEDADO DESCANSANDO.
NO SIEMPRE ESTÁ DEACUERDO CONMIGO EN TODO... ¡JE, JE!
Y, CONTADME, ¿QUÉ HABÉIS HECHO HOY?
¡EN CASA!
¡HEMOS IDO A COMPRAR!
¡SOLO ENSAYAR!
...
VAYA, SÍ QUE HABÉIS HECHO COSAS...

TRAS LA CENA...
BUENO, ME VOY A DORMIR, QUE MAÑANA TRABAJO.
VOY UN SEGUNDO AL BAÑO...
AHORA PODRÉ ESCUCHAR TODO LO QUE DICEN Y SABER CUÁLES SON SUS PLANES.
EN LA DESPEDIDA...
¡AHORA ES MI OPORTUNIDAD!
UN SITIO PERFECTO... JE, JE, JE...
¡ADIÓS, CHICAS!
¡ADIÓS, BUENAS NOCHES!

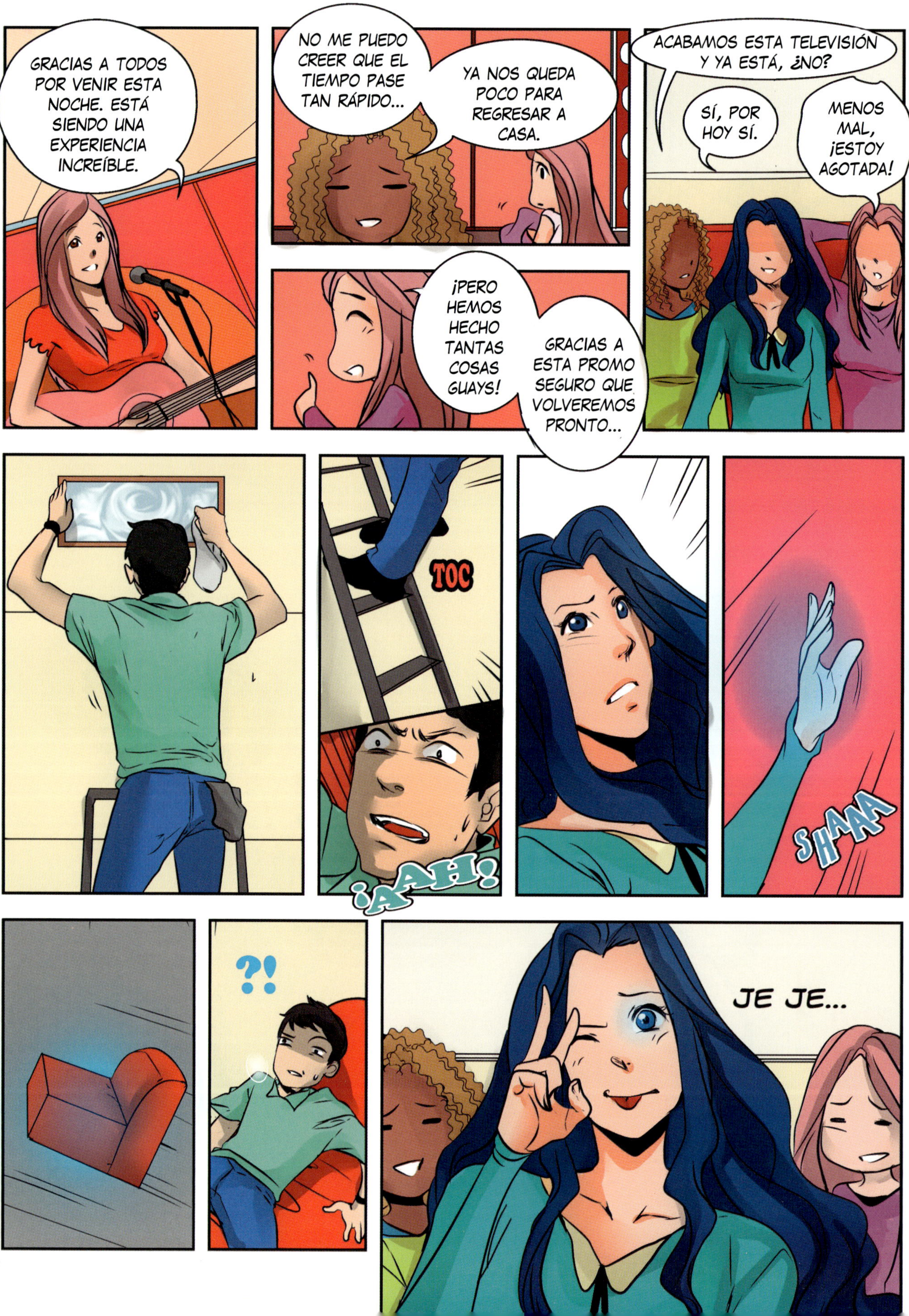
GRACIAS A TODOS POR VENIR ESTA NOCHE. ESTÁ SIENDO UNA EXPERIENCIA INCREÍBLE.
NO ME PUEDO CREER QUE EL TIEMPO PASE TAN RÁPIDO...
YA NOS QUEDA POCO PARA REGRESAR A CASA.
¡PERO HEMOS HECHO TANTAS COSAS GUAYS!
GRACIAS A ESTA PROMO SEGURO QUE VOLVEREMOS PRONTO...
ACABAMOS ESTA TELEVISIÓN Y YA ESTÁ, ¿NO?
SÍ, POR HOY SÍ.
MENOS MAL, ¡ESTOY AGOTADA!
TOC
¡AAH!
SHAAA
?!
JE JE...

EN CASA...
¡LO TENGO, CHICAS!
¡¿EL QUÉ?
SOLO HAN ASALTADO BANCOS LO LUNES. Y ES CADA DOS SEMANAS.
AL MENOS, ASÍ HAN SIDO LAS CUATRO PRIMERAS VECES.
ENTONCES, EL SIGUIENTE LUNES ES... ¿MAÑANA?
PERO HAY MUCHOS BANCOS EN LA CIUDAD. ¡SERÁ IMPOSIBLE LLEGAR A TIEMPO!
SI SIGUEN SU PATRÓN, NO. SON BANCOS MUY GRANDES Y TODOS LOS QUE HAN ATRACADO ESTÁN EN EL MISMO BARRIO.
DE HECHO MUY CERCA DE AQUÍ. SI SEGUIMOS ESTAS PISTAS, TAN SOLO QUEDAN DOS.
¡OK! ¡VAMOS A INTENTAR SER MÁS LISTAS QUE ELLOS!
¡MAÑANA ESTAREMOS ALLÍ!
MAÑANA ESTAREMOS PREPARADOS...

AL DÍA SIGUIENTE...
BANK
PARACE QUE NO VIENE NADIE... ESTÁ TODO TRANQUILO...
SÍ, QUIZÁS ESTA VEZ NO VAYAN A ACTUAR...
TAMY, ¿ALGUNA NOVEDAD POR AHÍ?
NO, NADA. LLEVO AQUÍ DOS HORAS TOMÁNDOME ALGO Y NO VIENE NADIE.
ESPERAMOS UN POCO MÁS Y, SI NO, NOS VAMOS A CASA.
¡BOOM!
¡SON ELLOS!
¡TAMY, ESTÁN AQUÍ! ¡¡VEN Y AVISA A LA POLICÍA!!

SAM, NO NECESITAMOS MÁS. VAMOS A DEJARLO...
FUISTE TÚ EL QUE DIJISTE QUE NO TENÍAS DINERO PORQUE TU MADRE SE HABÍA QUEDADO SIN TRABAJO.
SÍ PERO, DE VERDAD, NO ESTOY TRANQUILO HACIENDO ESTO... YA BUSCARÉ OTRA MANERA.
¡NO HAY VUELTA ATRÁS!
¡YA TIENES LA PASTA! ¡VÁMONOS! ¿A QUÉ ESPERAMOS?
NADA. ¡YA ESTÁN AQUÍ!
¡SE ACABÓ, CHICOS! ¡LA POLICÍA YA ESTÁ EN CAMINO!
¡¡ESO YA LO VEREMOS!!
¿¡?!

ME HA IDO DE UN PELO...
ESO TE PASA POR METERTE DONDE NO TE LLAMAN...
TUUMP
A VER QUIEN RÍE EL ÚLTIMO...
UGH...
NIO
NIO
NIO
NIO
¡PARA ESO!
NIO
NIO
CLIC
CRA
CRA
¡VAIS A APRENDER A NO JUGAR A LOS SUPERHÉROES!

VAYA, VAYA... CUANDO LLEGUE LA POLICÍA YA SABRÁ A QUIÉN DETENER...
¡LO TENÍAS TODO PENSADO! ¡SABÍAS QUE VENDRÍAMOS!
PUES SÍ, ¡HA SIDO MUY PRÁCTICO ESPIAROS EN VUESTRA PROPIA CASA! ¡JA, JA, JA!
VENGA, ¡FINAL DEL PARTIDO!
¡NO PUEDO CON TODAAAAS!
SHAAA
¡¡BASTA!!
TUCH
UUGH...

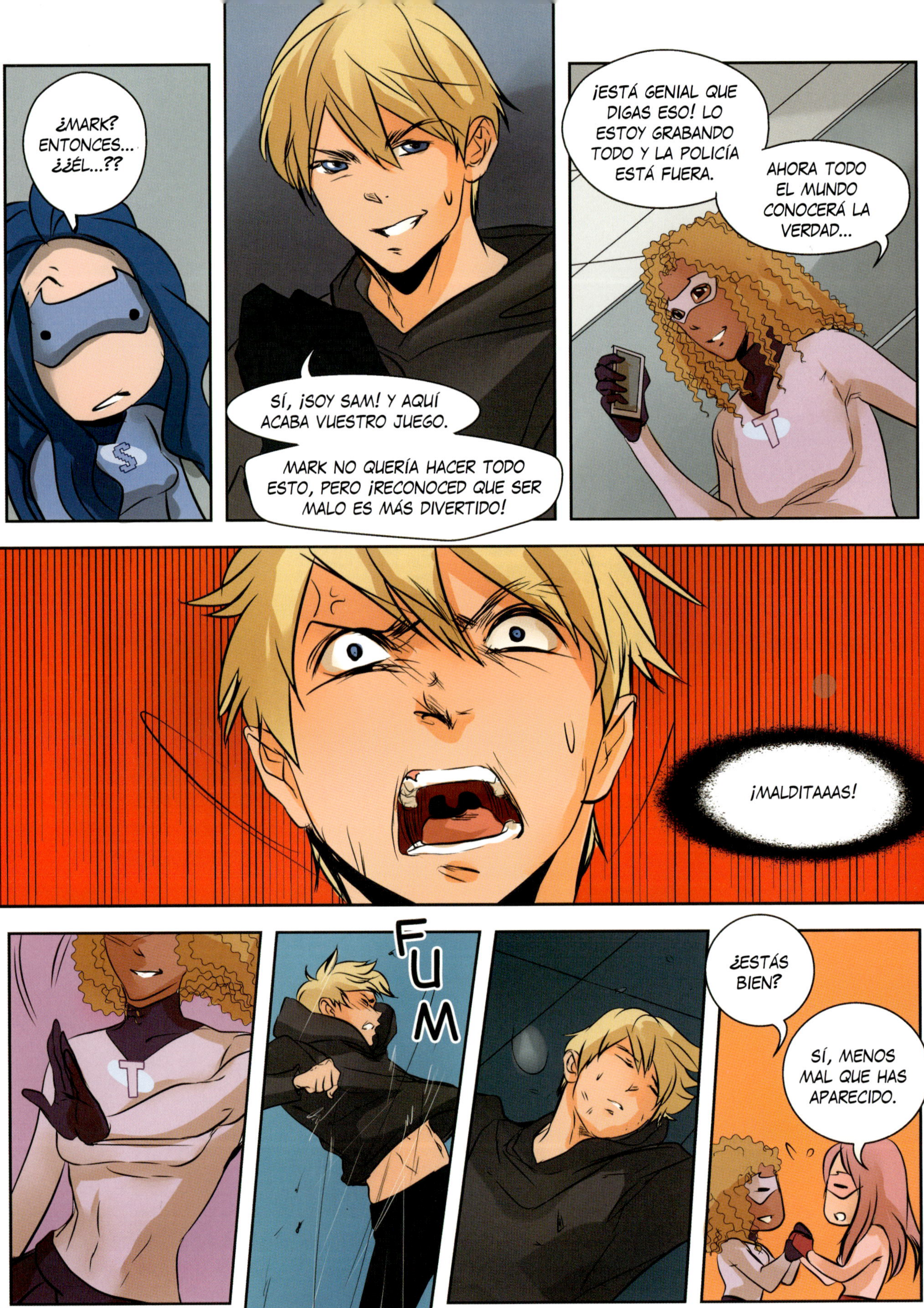
¿MARK? ENTONCES... ¿¿ÉL...??
SÍ, ¡SOY SAM! Y AQUÍ ACABA VUESTRO JUEGO.
MARK NO QUERÍA HACER TODO ESTO, PERO ¡RECONOCED QUE SER MALO ES MÁS DIVERTIDO!
¡ESTÁ GENIAL QUE DIGAS ESO! LO ESTOY GRABANDO TODO Y LA POLICÍA ESTÁ FUERA.
AHORA TODO EL MUNDO CONOCERÁ LA VERDAD...
¡MALDITAAAS!
FUM
¿ESTÁS BIEN?
SÍ, MENOS MAL QUE HAS APARECIDO.

¡QUEDAN DETENIDOS!
SALGAN DESPACIO Y CON LAS MANOS EN ALTO.
¿QUÉ VAMOS A HACER?
PUES DEJAR A ESTOS DOS AQUÍ E IRNOS...
MARK NO HA TENIDO NADA QUE VER EN ESTO...
NOS LO HA CONFESADO SAM.
CHICAS, LO SIENTO. ME SIENTO MUY CULPABLE, PERO YO NUNCA QUISE HACER DAÑO A NADIE.
SI QUERÉIS, ENTREGADME A LA POLICÍA. LO ENTIEN-DO PERFECTAMENTE.
NOS VAN A COGER A TODOS. NO TENEMOS ESCAPATORIA.
NO SE CREERÁN NUESTRA HISTORIA. ACABAREMOS TODOS EN PRISIÓN.
¡VAMOS A ENTRAR!
SOLO HAY UNA SOLUCIÓN.
¡¡AGARRAOS A MÍ FUERTE!!
SHAAAA

YA EN CASA DE LAS CHICAS...
GRACIAS POR NO HABERME DELATADO...
TÚ NOS HAS SALVADO A NOSOTRAS TAMBIÉN.
¿Y QUÉ VAS A HACER AHORA, MARK?
SI QUIERES PUEDES VENIRTE A ESPAÑA CON NOSOTRAS...
NO, GRACIAS, CHICAS. AUNQUE AQUÍ TAMPOCO ME QUIERO QUEDAR... PORQUE RECORDARÍA CONSTANTEMENTE LO QUE HA PASADO.
CREO QUE PILLARÉ UN COCHE Y ME IRÉ A CALIFORNIA A ENCONTRAR A ESOS CHICOS QUE, COMO NOSOTROS, HAN SUFRIDO ESTA TRANSFORMACIÓN.
¿Y QUÉ SERÁ DE SAM?
NUNCA SE ATREVERÁ A DECIR LA VERDAD... LO TOMARÍAN POR LOCO.
SEGURO QUE LE CAEN BASTANTES AÑOS DE PRISIÓN.
BUENO... ¡VAMOS A ACABAR DE HACER LAS MALETAS!
ME VENGARÉ DE ELLAS. ¡ME VENGARÉ DE LOS CUATRO ALGÚN DÍA!

@StudioChouChou


Avda. Diagonal, 662-664, 08034 Barcelona (España)
Libros Cúpula es marca registrada por Editorial Planeta, S.A.
www.planetadelibros.com

Primera edición: marzo de 2017

ISBN: 978-84-480-2304-1
Depósito legal: B. 25.556-2016

Impreso en España – Printed in Spain

El papel utilizado para la impresión de este libro es cien por cien libre de cloro y está calificado como papel ecológico.